U0501313

微言心录

车延高 著

长江出版传媒 | 长江文艺出版社

图书在版编目（CIP）数据

微言心录 / 车延高著. —— 武汉：长江文艺出版社，
2023.10
　ISBN 978-7-5702-2565-1

　Ⅰ. ①微… Ⅱ. ①车… Ⅲ. ①随笔－作品集－中国－
当代 Ⅳ. ①I267.1

中国版本图书馆 CIP 数据核字(2022)第 034267 号

微言心录
WEIYAN XINLU

责任编辑：王成晨　石 忆　　　　责任校对：毛季慧
封面设计：胡冰倩　　　　　　　　责任印制：邱 莉　王光兴

出版：长江出版传媒 | 长江文艺出版社
地址：武汉市雄楚大街 268 号　　　邮编：430070
发行：长江文艺出版社
http://www.cjlap.com
印刷：湖北恒泰印务有限公司

开本：880 毫米×1230 毫米　　　1/32　　印张：11.125
版次：2023 年 10 月第 1 版　　　　2023 年 10 月第 1 次印刷
行数：5621 行

定价：58.00 元

开篇语

文学以特有的方式和人心说话，只要人心在，文学就活着。现在有不少眼睛离开了纸质读本，是因为碰到了新的文学艺术表现形式，新鲜、新颖、新锐，必然会分流一批好奇的尝鲜者。但无须担心，无论花样如何翻新，形式都是为内容服务的，内容就像谷粒和果实。眼睛永远是一颗心的打工仔。

就像地里的庄稼不为掌声而生长，作者也不能因为没有喝彩就冷落创作，让一支笔孤苦伶仃于书案。写，是作者的天职。写作熬成于时间，就要接受时间的筛选，文字活在时间里，一是等一个鸡蛋里挑骨头的人，剔除糟粕，留下化石；二是等一批慧眼识珠的人，苦读的样子能够解释成痴，让人想起如饥似渴。

目　录

1. 灵感要看生活的脸色

※ 即兴演讲是灵感穿着思想的时装走秀。

※ 灵感是文学创作中的灵光一现，佛教的说法叫瞬间开悟。

※ 即兴之作，是有功底的修养与灵感不期而遇，两者一拍即合的产物。

※ 写作的人之所以要让自己平头百姓一般进入生活，就是为了不让灵感去看生活的脸色。

※ 在诗句里求证思想和实践的距离，本身就是一个浪漫主义者和形式主义大咖在表现手法上打擂。头破血流的肯定是比艺术矜持的灵感。

※ 好画家把调色板搁心里，让一支画笔跟随灵感走。灵感发现勤奋一直在很用力地寻找天赋，而悟性一直在用灵感成就天赋。

※ 我感觉没有什么灵感，其实就是靠有心和用心，从一大堆杂乱无章的生活素材里榨取一点点自己想要的心得而已。

灵感其实是积累的多点迸发。

※ 创作灵感受孕于现实的自然生活，自然生活是艺术创作的母体。

※ 情感一旦成为想象力的喷口，不相信悟性的诗句就变得心有灵犀、天资聪慧。

※ 一旦在生活中找到灵感，想象力和诗歌的语言组合就具有了灵性。

※ 灵感的点化是有魔性的，笨拙和通灵所咬定的比喻、情境、画面和意向抵达惊心动魄的极致，语言组合就具有了灵性。此时大智无巧，大拙藏慧，常常出现"语不惊人死不休"的好句子。

※ 灵感不是外卖，但也会送货上门。比如静下心来，闭门苦读时；比如把生活里的元素消化后，让精神在辟谷中思考时；比如把悲愤隐于心底，长歌当哭时。灵感是及时雨，突兀而至，不打草稿。

※ 江郎才尽的本质是灵感枯竭。换句话说，就是才思不愿跟随意志再过殚精竭虑的日子，灵感被冷落，从此碌碌无为。

2. 想象力在疼痛处破茧

※ 能在一滴酒里接过荷尔蒙递过来的钥匙，给你开门的一定是用快乐把谪仙人灌醉过去的诗人。

※ 在有灵感的想象中，坟头上盛开的那一朵花绝没有失恋，是在等另一只蝴蝶重温旧梦。

※ 诗人一定让想象力随心所欲，但手里却始终牵着一根看不见的缰绳。

※ 诗歌的力量在于面具背后活动的灵感和想象力。

※ 修饰语可以给难看的东西穿上漂亮的衣服。比如桃胶，是桃树疼痛后的结痂。有语言修饰天赋的人，把它改叫桃花泪，听上去就有点诗意了。

※ 不会说话的想象力总对我说：生活才是灵感的发源地。

※ 浪漫主义表现手法，就是用丰富的想象力把一种深邃武装成朦胧或者豪放。

※ 想象力由悟性从生活的积累中提取，被灵感点石成金，开放出让艺术惊诧的炫丽奇葩。

※ 想象力不仅需要生活的底蕴，还需要胆略和智慧。能想到"石头是失去翅膀的鸟"就能想到"鸟是年轻的石头"。但要想到"石头是老年的鸟，鸟是年轻的石头"，制造想象力的灵感，就要学会脑筋急转弯。

※ 情感的有效表达需要物象的艺术化，这就要借助想象力。

※ 给想象力补充水分和营养的有效方式是深入生活。进入这个层面钻木取火，灵感会放射无数唯美的奇葩。

※ 能用想象力点亮思维，孤光独照的灵感就会别开生面地跳出来，有电弧一般的曝力，无以抗拒的共鸣感就会直接显示出诗人对情感进行引爆的能力。

※ 有时，我穷极一生，只能采下一瓣荷花。但一夜湖风，用一支笛子，就吹老了整个洪湖。就因为用想象力说了些不着边际的话，就成了诗。

※ 留白，是无须动手补题，要靠你用自己的想象力去勾画作者无法替你想到的艺术画面和境界。

※ 鱼若哭，整条河流都是它的眼泪。

※ 鱼活在水中，它的痛不在于让它落泪，而是泪尚未落下，就被别有用心的风一股脑地风干了。

※ 在诗人的想象空间里，一般是意象在画面里打坐，灵感负责开光。

※ 杜甫能成为"诗圣"，是因为在相同的时空里，他能看见花溅泪，还能听见鸟惊心。

※ 才华，就是让思想的肺在现实生活中吸纳，让想象力跟随创造力不断倾吐出艺术的灵感。

※ 脱颖而出有时是自我折磨。一个题目多角度去写，是为难自己，也是逼着自己在写作手法上自杀，再破茧、蝶变。心无彩凤双飞翼，云都会不辞劳苦，为一个好句子飞下来。这时天没变低，是艺术和想象力让你站高了。

※ 在诗人眼里，茶是大自然给春天描出的一叶眉，也是春天去亲吻大自然时吐出的一芽舌尖。

※ 没有丰富想象力和绝对操作技能的人，绝不敢做画蛇添足之事。因为这种事做好了，是绝活；做不好，就是绝对的自作聪明和弄巧成拙。

※ 想象力应该属于意念的范畴。因为"雨恨云愁",是肉眼看不见的;只可意会,不可言传。

※ 骄傲,就是自己把自己捧起来,然后朝下摔。

※ 想象力是雄心得以腾空而起的一对翅膀。

※ 草尖儿上的露珠不能佩戴,它的出现,只是想让人记住老天爷睁眼时的样子。

※ 不是拿扫帚的清洁工不爱惜花木,而是落花和枯叶已被季节判定为垃圾。

※ 手艺和技能是智慧和想象力得以示人的方式。其造诣可以借各类载体呈现,如瓷器、宣纸、紫砂壶、根雕等都可被匠心画龙点睛,使得风格各异的文化和艺术得以物化。

3. 包浆是时间的皮肤

※ 古董把自己熬成文物以后,包浆就成为时间的皮肤。

※ 就艺术收藏而言,赝品就是艺术品中的伪君子。

※ 在真正的藏家眼里，一件藏品的价值不是它的拍卖价的高低，而取决于藏品本身的多少。如果只此一件，不可再生，叫孤品，也叫稀世之宝。如若叫价，要么价值连城，要么无价。

※ 甲骨、碑、竹简已经老得物是人非；那些散存的遗址、遗迹、遗物更是老态龙钟、风烛残年。只有书依旧在翻动中喘气，尚能开口说话。

※ 收藏是用时间做材料去包装艺术品。艺术品躲过一次次人间劫难之后，再借其九死一生中砥砺出的资历去雕刻留存在它的身体上的时光，给没去过前朝的今人展示一种超越价值的价值。

※ 背离了艺术的纯粹性，一些卖出很高价格的艺术品不一定有价值。

※ 在艺术的行为世界里，印章虽小，却是有重量的，是一颗心的重量。盖在哪里就是契约，是心和心的默契。

※ 在文物市场，淘宝的绝招就是靠眼力捡漏。

※ 艺术收藏中有一句很经典的话：若发现被忽视或得不到珍惜，就毫不犹豫收回，珍藏是驻守于寂寞中的高贵。

※ 有资历的老物件才有资格结识包浆。包浆是时间穿旧的衣服，也是岁月恩赐给老物件的天然釉面。

※ "玉不琢不成器"其实是说天然不等于天工。"美玉不琢"则一语点破：天工，才是鬼斧神工。

※ 时间是无法制造的附加值。时间把物品变成文物，时间的物化表现叫包浆，这是价值连城的价值。都说逝者如斯，从这个意义上看，包浆是已经过去的时间留下的物化存在。

4. 书画之功力，就是手听心的话

※ 书写，是用心写字，把字写得大家都说好看。书法，是用字写心，把字写得让收藏家都看好。

※ 书法研习的至高境界应该是青出于蓝。写进去了，是用苦练铺排今生的造诣；写出来了，是借禅悟对接前世的修炼。

※ 让画笔听命于心，用色彩把思想绘在画纸上，没有情感的纸就会生动起来，诞生被艺术激活的灵性。

※ 墨落在瓷板上可以擦掉，落在宣纸上是擦不掉的。有些水墨高手不琢磨擦的问题，就有了妙笔生花。

※ 书画名人是书画界的名人，名人书画是名人闯进了书画界。人们对这种跨界一直争议和褒贬不断。历史也好奇，越争议越是发酵。于是成为了重复记忆，真就流传开了。

※ 把字想成心想要的形状。是书法家的艺术灵魂跟随造诣行走时留下的痕迹，也是其个人内涵和修养，借了笔墨，在宣纸上开口说话。是的，至高境界是去小巧、求大慧：求，得精进；慧，生禅觉。

※ 书法写到字里行间藏有书卷气，即是古风至上的大雅。书卷气是历久弥新的碑帖和出入红尘的阅历中淘来的。其笔是随心所欲的，但游刃到笔走龙蛇则是蓄谋已久的刻意。

※ 相对于宣纸，笔、墨和颜料都是侵略者。

※ 在书法、绘画艺术创作中，有两种思维方式：一种是琢磨着怎么样画得和前人一样；一种是琢磨怎么样画得和前人不一样。其实两者应相得益彰，进入时要观照，进入后要突破。

※ 就书法而言，手听心的话就是基本功。再让基本功跟着心去写意就是自己的风格。

※ 如果把书法的最高造诣归为笔随心走，那么心的操控

力就取决于文化的修养和造诣。

※ 留在纸上的痕迹没有想法，留在纸上的心迹才是书法。

※ 写书法要有悟性。写进去了，只是个蛹；写出来了，才可能化蛹为蝶。

※ 练毛笔字，就是让自己的手跟着心去和书法艺术握手。

5. 意境是汉字送给思维的画面

※ 不管风在替谁劝客，秋日里枫叶把酒喝醉以后，卧在地上不起的，一定是为季节吟诵过诗句的叶子。

※ 雾里看花，所寻求的美不是花，而是"烟笼寒水月笼沙"的一种朦胧。诗人把它叫意境。

※ 最初的篱笆是带有木头味儿的，所以上面爬满了"采菊东篱下"的诗意。后来，它们进化了，出现了铁栏杆，而且攀附登高，冰冷冰冷的，在窗户和阳台上摆出拒人于千里之外的姿态，诗意从此被关在了外面。

※ 就场景看，"花落人独立，微雨燕双飞"，貌似是写沉思，但旁观者的眼睛里掠过两只燕子，即刻就演化成了相思。

※ 柳在塘边梳头，水应该是知己，风只是丫鬟，手机拿把梳子，出力不讨好的样子。

※ 当年若不是你貌美如花，我真以为春天就是树叶绿了，燕子回家。

※ 不是当年的树落有多美，而是那时的你正在花季。记忆对美的误读，有时会被岁月发现。

※ 风没有过失，窗棂是自己开的。天空下，你捧着一树桃花。此时北风吹，雪花飘飘，也不影响来自春天的绽放。

※ 留白不仅体现惜墨如金，还可以让人明白：无即是有，净空无尘。留白可以给想象力腾出无拘无束的游弋空间。

※ "雨打芭蕉点点愁"其实是诗人当时的心境，就芭蕉而言，只是借自作多情的雨水洗了个澡罢了。

※ 有诗，为了证明自己渺小，只能在梦里骑一匹蚂蚁去看你。

※ 一滴水在云彩里做梦，星光在宇宙的烟火里沉默，它

想：有这么多星星，为什么还不照亮夜空？月亮耳聋，面无表情。

※ 立春了，季节会在土地上翻个身。休眠者慢慢从梦里醒来。寒冷被暖风驱赶着，心有不甘地让出领地；万物粉墨登场，开始布置自己的新房。

※ 都怕落花时节，人情薄，桃花潭水太深。

※ 不论江河走多远，都是我手里的一根绳子。有它，我就牵着五湖四海。

※ 远行的人回来，即便风是甜的，也会抱着丢失的时间哭，泪流满面。

※ 星星隐退，我把月亮拴在山顶，替你劝回一百个黎明。

※ 一滴墨香爬出西窗，打着哈欠看天空怎么给一个诗人的浪漫留白。

※ 如果月亮真的去世了，天和地怎么见面，时间怎么走路？

※ "两漆"大门推开，一个声音出现：不让眼泪悲千古，

就以风物放眼量。

※ 风哼着小调，春天用露水抹了一把脸，直接从一根柳条上走下来。

※ 一阵春雨，"桃花落，闲池阁"。就表象看，是风或雨惹了祸，但枝头的无数坐果明白：花未负春，春也没有负花。

※ 雪营造了一个洁白的世界，单调也由此诞生。太阳好像有些蛮横，在否定中篡改现实，美的、丑的、干净的、肮脏的，原形毕露。让人悲喜交加的是，众生的勃勃生机竟在纷乱中重生了。

※ 寒夜凄凉，是因为万物寂静，所有人睡了；唯独月亮醒着，却不肯与人说半句话。

※ 梦魂凝想的人你平安行船吧。下一世如果相遇，我绝不后悔，对花对酒，还是为伊落泪。这就是诗歌的唯美欺骗，把空话说到淋漓尽致的空灵。

※ 蹄音绝尘，在草尖上追风，大漠孤烟只是一根缰绳。

※ 马蹄把时间累得瘦骨嶙峋，我骑在一粒沙上风驰电掣，戈壁被天地压缩，岁月放大了我的渺小。

※ 子期替命运砍樵，总有一些无奈。就像我，知道太阳和月亮升起的地方，却无法判断一阵自由的风将会把它自己吹向哪里。

※ 不知道风从哪来的，把草吹动了，把树叶吹动了；就是那块石头吹不动，结果落得个冥顽不化。后来我看见草木年年改头换面，但那块石头岿然不动。

※ 正因为雪花不会咬钩，"独钓寒江雪"才成为千古名句。不是因其真实，而是其营造的意境打败了真实。

※ 不要因为自己崇尚"清水出芙蓉"，就不允许荷花打扮。必要的修饰和点缀是对美的烘托。比如一只蜻蜓立上头；再比如露滴不悲写泪痕。

※ 一叶知秋是文学描写，不能完全套用到现实。春风乍起，在樟树林里走，能见落叶飘飘；抬头时，枝上新芽也在探头探脑。这时看到的景致是颠覆性的，树上蹲着春天，地上坐着秋天。

※ 窗含西岭，玫瑰隐退，可以点燃相思，也可以诱出离愁；关键在心境。

※ 用花容月貌形容美不仅俗，而且描写出的是没心没肺的漂亮。不信的话，去月下和花朵谈一次恋爱，就什么都清

楚了。但改用羞花闭月就拟人化了，花和月知道了怯，就生动了，美才惊心动魄。

6. 把疼过的疤痕当成酒窝即是修为

※ 伤口上长出疤痕，是对痛的思考和纪念。

※ 把专程赶来折磨你的苦难消化掉，再用汗水淹死泪水，幸运之门也许就开了，幸福会与你相视一笑。

※ 一个人太在意鲜花和掌声时，纯粹就会落泪，因为又一个追求者不再是为艺术而活了。

※ 活得有滋有味，不是蹲在蜜罐里，而是让人生多彩，把酸甜苦辣麻品尝得五味俱全。

※ 真能做到"把疼痛的伤痕当成酒窝"，说明心理已被意志校正得表里如一。

※ 风度和气质不受制于年龄，通过修养，它们已经把美丽帅气的容貌置换到自己心里。

※ 不管生活出现什么变故或磨难，脸始终是自己的，所以哭和笑一直由自己做主。

※ 心是自己的，心若痛，只能自医。

※ 反省之后的忏悔只是一种认错，认错不等于改错。改错，是用矫枉彻底洗刷痛心疾首的忏悔。

※ 决绝处，能把困难甩在身后，让坚强扶着自己走出一条自己根本不认识的路。回头想想，这也是上天垂爱，山重水复处要给你一种自己驾驭生活的能力。

※ 不长犄角的善良，有时是懦弱；有獠牙而能忍让，才叫真宽容。

※ 从前遭遇了打击，只会默默流泪，现在学会了默默擦去眼泪，用微笑去和新的打击一决雌雄。

※ 舍，可以给自己腾出新的空间。把视若珍宝的东西拿出来为舍，把视为敝帚的东西扔出来为弃。舍，是从心头割肉，要扔掉贪；弃，不走心，是把多余的抛掉。

※ 要让脸上经常挂着微笑。笑，是和幸运、幸福打招呼；是让自己和别人共享一种福利。

※ 每个人的心都不让别人看见，是因为里面藏有属于自己的秘密。即便再诚实的人，也会有不与人言说的秘密，只

是这秘密利己不损人而已。

※ 不要解释，那么多耳朵是别人的，你只有一张嘴。

※ 对在心上拉了一道口子的痛，能够笑着去讲述，说明你真的走过来了。

※ 苦，是上帝给的一块磨刀石。锋利，要在遭受砥砺的痛楚之后才有资格出世。

※ 乐观者是精神达人，在苦难中摔倒无数回，都抱定自己喜爱的那把琴。弦断了，用自信的微笑接上，坐在黄连树下弹自己心爱的曲子。听不懂的说他苦中作乐，听懂的说他以苦为乐。

※ 无论现实处境如何艰难，都是既成遭际，你的处置应该是笑对。如果陷入悲观，让苦楚和沮丧缠住自己，陪伴你的就是绝望。绝望的特点也是吃柿子捡软的捏。

※ 被挫折折腾得筋疲力尽时，一个声音在耳边响起：是金子总要发光的！这是金玉良言。当你赚得盆满钵满时，又一个声音在耳边响起：是金子总要花光的！这是盛世危言。

※ 去药店买后悔药，肯定没有；但若诚心，这味药就可以抓到。药方很简单：知错就改，重来一次。

※ 把经历的苦难、悲伤、屈辱埋在脚下，不屈不挠地往前走，身后，会站起一座里程碑。

※ 人一天一天老去，终于发现雄心被时间一节一节磨短了。但不要紧，我现在需要的是厚度。

※ 穷可以使人困苦，也可以使人打碎困苦。

※ 面对挫折，一门心思找方法的人，很快会走向成功；而千方百计找借口的人，会继续陪伴失败。失败乐意收留不思错、不认错、不改错的人。

※ 人可以被人嘲笑，但不可甘心于被人嘲笑。

※ 把事做绝了，其实是不给自己留余地。

※ 不要说但求无悔，后悔其实是知错。这份悔，对不少人就是一味药。

※ 结都是可以解开的，饶恕别人其实就是放过自己。

※ 如果有了寻短见的念头，一定要劝说自己：死就放弃了一切选择，而活着还可以再做选择。

※ 创伤都会留下疤痕，这是疼过之后的记号。

※ 尽管活着会遭遇许多不好，但如果死了，只有鬼知道你活得好不好。

※ 整你的人，处心积虑和你过不去的人，都是生活分派给你的磨刀石。这是不讲理的理：有磨损，才有刀锋——但你必须是块好钢。

※ 不计较，是非常认真的得过且过。

※ 如果你能用正确的心态把怨恨、痛苦、郁结、愤懑一尽驱离，快乐和愉悦就会大大咧咧地前来拾遗补缺。

※ 悲观者因为失败而变得消极，而乐观者把失败当作拥有了再去尝试的权利，结果越挫越勇。

※ 不磨，就没有针尖。磨，是很长的痛。针出了尖才有使用价值，但使用又要承受一生的累。

※ 遇到最苦最累最难的事，把它视为上帝在考验自己的意志，这样那些无济于事的抱怨就不会百无聊赖地挂在嘴边了。

※ 人生就是在生活中走路，弯路是不可少的，否则就回

不了家。

※ 不要否认自己是有私欲的动物。但人恰恰是在扼制和战胜私欲的过程中，让自己摆脱了低级的动物性。

※ 水重重地摔了一跤，才有了壮丽的瀑布。

※ 苦难这东西不是生长剂，却能让人在突然间长大。

※ 生活，就是给人生出难题。所以活得艰难，恰恰才能尝尽人间滋味儿。

※ 能看见阴影，恰恰说明你和光明同在。

※ 一个不气馁的失败者，可能就是一个潜在的成功者。

※ 韬光养晦有时要含垢忍辱，但最终一定要雪含垢忍辱的耻辱。

※ 被逼入穷途末路时，你才会知道自己有多么坚强。

※ 痛，是记忆开始悼念美好；美好，是幸福被痛折磨得失忆。

※ 苦难并不是财富，却可能迫使人思变，千方百计求翻

身，从而创造出财富。

※ 苦难是人生的不幸，但摆脱它不能指望一次次降临的幸运。

※ 难题就是一块磨刀石，它可以在砥砺中让你的能力出锋。

※ 所谓倒霉，就是厄运总和你过不去，而幸运又总和你擦肩而过。

※ 困苦往往用逼迫的方式教人在生活中学会自立和自强。

※ 今天能做的事不要放到明天，因为明天有明天的事。

※ 生活给人以痛，就是让人懂得珍惜。

※ 所历的苦难和一个人所获成就的高度没有因果关系，但它决定一个人的珍惜程度。

※ 苦难不是成功者的磨刀石，但可以是其以后日子里体味和享受生活时最好的味精。

※ 把所遭遇的挫折和失败当作行走途中的转弯或驿站，

心就会坦然。其实多绕一点路，可能就避开了更大的坎坷。停顿，可以当作休息，有利于为后面的跋涉攒足力气。

※ 擦去锈迹就有摩擦，若因此不为，就留下斑斑锈迹。人的脑子亦如此。

凡是沉重悲苦的时段一定发生在过去，要学会用笑容和快乐将其覆盖掉。

涮几片羊肉都要在火锅里折腾好几下，人想品出生活里的味道，就得不停地在生活里折腾自己。

生活往往用无情的背叛或打击教你在现实的残酷中学会勇敢和抗争。

人生的意义就在于活在不断的抛弃和被抛弃之中；这才有了日新月异，日子也过得没有重复。

※ 对伤害过你的人不必恨。他就是生活派来磨砺和修炼你意志和忍耐力的对手，是此生无需花费金钱就得到的陪练。

※ 磨难是对意志的摧毁，反摧毁能力是一种坚强和坚持；所以只有成功了，才有资格说磨难出奇才。

※ 跌倒了，不是爬起来就行了，一定要拣点有用的东西

再往前走。

7. 最容易丢失的东西是现在

※ 人最容易弄丢的东西就是现在，所以现在不能用来等，必须马不停蹄。

※ 害怕负重，让时间跟着自己跑空路，就是对生命的辜负。

※ 此生所经历的一切坎坷，其实都会被踩在脚下，是继续前行的铺路石。

※ 人生既为过客，就不要总在那里打坐。行走才能留下脚印。

※ 看破无常，当下就变得重要了，人就会珍惜不花钱就能得到的自在。

※ 死亡之所以让人恐惧，是因为谁也无法用自己的切身体验讲述什么是死亡。这就等于让绝对这个抽象概念开口说话：人生只有一次！

※ 除了生死，真没有天大的事儿，也没有比过好每一天

更重要的事儿。

※ 有时只须调整一下心态，就可能改变目前的状态。

※ 若问将来会如何，没有人能具体地告诉你。所以，还是用心把当下的事做好。未知的会有无穷变化，不要没赢今天，就琢磨着赢明天。

※ 做事要抓住当下，千万别等明天，因为明天不与任何人签合同。

※ 勤奋的人指望今天，懒惰的人指望明天。

※ 最容易虚度时光的人，就是那些指望明天，始终认为自己还有大把时间的人。

※ 不要空谈未来，不管多么宏大的未来，最扎实的起步还在于此时此刻。

※ 做事没有什么为时已晚，只有现在肯不肯去做。相对于明天，今天去做，就抢先了一天。

※ 对自己的将来是否慷慨大方，就看你当下舍不舍得去流汗和拼搏。

※ 对将来最大的贡献，就是为今天的自己扎扎实实打好

各种基础。

※ 相对于今后的日子，现在就是冲刺未来的起跑线。

※ 开始不努力，之后肯定要多出力。

※ 想看一个人此生能否有建树，只需看他如何使用闲暇时间。

※ 昨天是找不回来的，所以一定要用好用足今天，然后偷点闲，认真谋划好明天。

※ 把活着的每一天都看作生命的最后一天，可以让人只争朝夕，变得积极；但也可以误导人及时行乐，在积极的颓废中放纵消极。

※ 能今天做的事就今天做，不要指望明天，因为今天不能挂倒挡。你如果用"明天再说"来打发今天，其实是你被今天打发了。

※ 好高骛远派生出得陇望蜀。其实最珍贵和最值得珍惜的应该是当下拥有的，因为过去的已被昨天没收，未来的和痴心向往的还在远处晃悠，谁也无法透支。就像明天的太阳只在明天早上出世，它生机勃勃，妙不可言。

※ 等下一次，是懒人的常用语，结果是轻易地丢了当下。而下一次的远与近，以及他能否熬到，都是未知数。

※ 无论取得多么辉煌的成就，一过今天，就被"昨天"没收了。人要学会归零，因为今天永远不会和昨天握手。今天是新的；回忆是旧的。

※ 书里翻到的永远是过去的，而眼睛推荐给你的才是现在的。你能把过去的和现在的东西交替使用，你就是上楼梯的人。

※ 今天过得再惨都要撑住，一撑就过去了。新的一天否定昨天，谁都没有倒带回放的权利。

※ 昨天的事交给岁月去整理，明天的事用一颗不服老的心去打理。

※ 失败属于过去，向前看才是未来。

※ 前半生属于过去，后半生属于未来。过去的，已归为记忆；未来的，留待你去填空。

※ 不要说为时过晚，今天过去，明天对每个人都是崭新的开始。

※ 昨天再不堪，已不需要你去改变，所以要把现在的精力和昨天没用完的劲儿全部倾注于明天。

※ 昨天已是交过的答卷，白纸黑字改不了了。明天是新的考卷，做好做坏都是自己的权利；交了，还是不能改，所以要抓紧，还要认真。

※ 老是以后的事，今天对自己来说就是最年轻的一天。年轻人怎么过，咱就怎么过。

※ 日子不可能倒带重放，所以智者不去和昨天结账，而是倾尽全力把今天的时间用够用足。

※ 见过大世面的人并不等于看见过世界的脸，只是饱尝过世事沧桑，既领略了世间美好，也经历了人间痛楚。这样的人进退自如，宠辱不惊。

※ 是可以没心没肺地说来日方长，但要明白，生命的休止符并不由自己划定。

※ 世间所有的东西都在升级或更新换代，若视而不见，不肯学习，就意味着自甘落伍。

※ 书看得不仔细，还可以翻回来再读；日子无法倒带，所以要惜时如金。

※ 天堂那边儿只是被说得很美好，没有人去体验过，所以还是现实一点，尽心尽力把人间的日子过得美好一些。

※ 昨天总被今天抛弃，人若念旧情结太深，就永远是个悼念者。整日叹逝者如斯，是件很悲苦的事儿。

※ 昨天总被今天抛弃，如果一味儿念旧，就是一个走不出过去的悼念者。

※ 过去的，你闲暇时可以去回味；现在的，是让你直接体味。

※ 来不来这个世界不由自己决定，何时离开这个世界也不由自己决定，那么科学把握好现在就是你的绝对权利。

※ 尽管额度相同，明天要发的奖金和已经到手的奖金对人的欲望刺激会有差异。

※ 无论之前发生了什么，都已经过去了，下一刻总意味着一切重新开始。

※ 如果你始终认为明天还有把事情办好的另一次机会，那么今天你就输定了。

※ 不要说下辈子再见，下辈子什么样谁都没去做过调研；只有当下真实。学会珍惜，过好每一天。

※ 相对于以后，每个今天都是自己最年轻的一天，所以要把心态打扮得花枝招展。

※ 人很难知道下一刻会发生什么，所以这一刻一定要明白自己应该做什么。而且要不失时机，不优柔寡断。

8. 读书可以让自己多活一辈子

※ 读书只是一种汲取，思考才是一种消化。

※ 人要做到这一生随处漂泊但绝不流浪，就必须以书作护照，忽视地域、国界，让自己有不会饥饿的思想。

※ 书是精致压缩后的精神食品，啃进去不饱肚子，但充实脑子。

※ 阅读带给孩子们的成长比身高更为重要。

※ 书可校谬，亦可止谤。书是留给后世人追问历史的最具权威性的庭证。

※ 书籍一言不发，却是一个可以一心一意和你交流的朋友！

※ 艺无止境，只有心高于艺。

※ 阅读，可以跟随书籍以另一种形式去史前或异域免费旅游；可以和已经不能开口说话的古人或根本无法相见的陌生人用思想进行会晤。

※ 有教养的人一般都读过书，但读过书的人不一定有教养。

※ 书可以翻旧，但理解却可以不断地翻新。

※ 因为怕读书才说女人是一本书的男人，在生活中很难读懂人。

※ 生命中，最低成本的投入是读书。坚持久了，人就会像摞在一起的书，有了厚度。

※ 要做到退休以后不退化，就要在持续学习中让自己的能力进化。

※ 自己对自己的最好投资就是持续学习。

※ 阅读积累到一定程度，可以提升一个人的格调和品位。

※ 一个真正爱书的人，会通过阅读，把图书馆建在自己的大脑里。

※ 用一沓子学历来证明自己的能力，不如用一辈子的学习来增强自己的能力。

※ 读书是为了丢掉书本，也就是说只有读进去了，才能真正把学问读出来。

※ 从成长角度看，偏执和过激是一种不成熟，而理性需要时间和经历的历练。对生活中的东西简单地口头否定容易，但要说出为什么否定很难。因为生活是本太厚的书，历史都在思考，你才刚刚翻了几页；应该学学历史，先静思，再开口。

※ 总认为自己是铁树，认为老和自己没有关系，但有两个明显感觉是摆不脱的：一是时间走得特别快，真如白驹过隙；二是记性像个漏桶，挤进时间的缝隙读书，但总感觉装不住。现在最恨小时候没有拼命读书，知道了"少壮不努力，老大徒伤悲"这句话有多重。

※ 你阅读，书籍就是人类的营养品。倘若搁在那里翻都

不翻，书就是一沓纸；蹲在里面的字只能悲叹：躲进深宫人未识。

※ 阅读是坐在今天的椅子上，翻越岁月的院墙，让眼睛领着心去拜见不同时代那些著书立说的人。这是没有发现时空隧道之前，唯一的、最直接的跨时空思想交流方式，是最低成本的思维反观和历史观光，你能跟着文字去前朝，甚至远古。阅读很划算，阅读是另一种经历，它使你一双眼睛有福，使你这一辈子比不读书的人多活了几辈子。

※ 生活这本书是用日子装订的。对过日子的人来说，翻一页就少一页，所以要学会珍惜。

※ 阅读就是让眼睛劳动，把各种知识一点一点搬进自己心里。

※ 结婚是筑巢工程。装修新房时，一定要有一处"黄金屋"，可以是一间房，也可以是一架书柜。请回来的书和金子没有关系，却是比金子有分量的精神财富。

※ 让大脑问问眼睛，它肯定告诉你一个带有共识的真知灼见：读书是一种最低成本的旅游。

※ 看书看累了就出去走走，留心之处，走路也是读书。

※ 借来的书挤时间也要读，买回的书一般容易搁在书柜里等有时间读了。这就是"匠人家里无家具"的原因。

※ 读书要甘于面壁，创业要敢于碰壁，改革要勇于破壁。

※ 读书人翻开的是岁月的另一个版本，他们等于在两个世界里同时享有精神消费的权利。一个属于意识形态的维度，一个属于行为实践的维度。

※ 读书可以使人在相同的生活时段比不读书的人了解和体验更多的社会生活。既有现代，也有过去，还有未来。

※ 读万卷书长的是知识，行万里路长的是见识。

※ 书里其实没有黄金屋，书只是储存着和金子没有任何亲戚关系的知识。

※ 资金，可以帮助好的创意实现梦想，也可以被人以卑鄙的手段用来制造噩梦。

※ 成功的人生有捷径，但要跟随时间去书本和生活里不断地查找秘诀。

※ 磨圆的卵石堆不起墙，见棱见角的石块垒得起房。

※ 读书时有解题能力，并不代表你走向社会后就有解决问题的能力。

※ 买了很多的书，并不等于是个读书人。

※ 消除孤独和寂寞的最好方式是读书，书可以领着人的思维游历。

※ 读书是消化汲取学以致用的过程，而不是为了把自己埋进厚厚的书堆里。

※ 一定要交几个爱读书的朋友。他们嚼碎文字，消化知识，从厚重的故纸堆里提炼出来的书香，是任何高档奢侈品店里都买不到的。

※ 和书籍交朋友最划算，它对你的给予是无私的，不求任何回报。

※ 读书读到满脑子装满标准答案，这个人就成了书呆子。

9. 心即一粒种子，决定收成

※ 人心很大，包罗万象。人心很小，容不下一根刺。

※ 如果进取的心真是一粒种子，就不惧怕掩埋。

※ 一个人的心胸决定其自身格局，而格局则决定人生的输赢。

※ 人再忙，心和脑如果盲了，就是白忙。

※ 有钱买不下这个世界，无钱也不亏欠这个世界。所以陪同自己生活的应该是一颗平常心。

※ 有的人之所以不幸福，是因为幸福每次上门拜访，都被她哭丧着脸的那副样子给吓回去了。

※ 花朵绽放时让人明白，美的极致是恰到好处。美，因为其短暂，才弥足珍贵！

※ 心有时可以藏住很多东西，但绝对藏不住一个月亮或一面海，这就是无奈。

※ 把眼泪吞后吐出的笑，就是灵魂被扭曲后表露出的痛。

※ 灵魂是心的主宰。

※ 把意念放空，就给睡意找到了催眠的枕头。

※ 快乐一般在苦楚把眼泪摔碎过后，才会跟随笑声来找你，就像雨过之后才会天晴。

※ 风没有思想，却说了那么多的话，可悲的是没有人理它。我由此学会了闭嘴，但心不沉默。

※ 就人生而言，心就是一粒种子，决定收获。心是由善植根，还是由恶植根，决定一个人的口碑。心造因，即是造果。

※ 世界是众生的镜子，恨它，不是眼睛欺骗了你的心，就是心欺骗了你的眼睛。

※ 路在前方，只要你朝前走，路就被你扔在身后。

※ 命运，就是生活给每个生命出的一套卷子。答得如何，取决于生命本身。

※ 命逼着盲人把命攥在自己手里，因为眼睛看不见时，他们只能拨亮自己心里的那盏灯。

※ 天堂无路善是路，地狱无门恶即门。

※ 人生没有导演，活着就是全过程出镜，身边的人都是观众。

※ 藤可以依附于树站起来，但是离开了树，藤条才会发现，自己没有撑起一片天的腰杆子。

※ 上帝按小时给每个人分配时间，但每个人对单位时间的使用效率却截然不同，所以人生的价值收益率就大相径庭。

※ 活着的人肯把一个人的名字刻在心里，才有了死者的不朽。

※ 走了很长的路，却不知道自己要去哪里，此为徒劳。

※ 无执念，并非不产生念头。而是不因念头失我，把自己带入虚妄。

※ 同样面对瀑布，有人认为流水重重地摔了一个跟头，有人则认为流水在为不平呐喊。

※ 一个人身上最真实的东西，就是内心的想法。

※ 人活得累，不仅在于把自己看重了，而且把自己的所得所失看重了。

※ 正因为有人培植了太多的心腹，所以才有了心腹之患。

※ 做眼下的一切都尽自己的心力与本分，生活中只与事争但不与人争，这才有大从容。

※ 做天使还是做魔鬼，有时只在一念之间。此刻：冲动和持定都在伸手拉你，最终还是你决定着你的命运。

※ 心是一个吨位空间巨大的库房，若储备知识，就转化为能量；若堆积仇恨，就是让现在的自己与自己愤怒的过去较量。

※ 用心做事靠专注，就想着要做到位，要对得起自己，也让别人满意，结果就成功了。

※ 有些人之所以成功，是因为他坚定地让行动服从于自己的决心。

※ 能把最简单的事儿做到极致，需要责任心，有责任心就能成为不简单的人。

※ 心里要认准敌人，但不要让一张不负责任的嘴去为你培养和发展敌人。

※ 一个人的心小了，事业绝对做不大。

※《南辕北辙》告诉我们一个毋庸置疑的道理：选择大于努力！选择是定向，选择对了，努力就找准了作用点；选择失偏，努力当然也有回报，可我们叫它事与愿违。

※ 人要有属于自己的空间，但不是房子。房子在人独处时，只会囚禁孤独。所以，这个空间是自己的心，不占面积，不背叛，和自己共存亡。

※ 只要你面向阳光，影子肯定被甩在身后。

※ 去了解一下那些杰出人物的早期情况，会发现他们最初居然也是无名之辈。

※ 你若一直崇拜偶像，你此生就只是一位优秀的粉丝。

※ 心里有一片草原，流落到哪里都能找到自己的牧场。

※ 别说为时过晚。早慧，只说明你是个神童。"厚积后发"，则可能大器晚成。

※ 心和嘴皮子都是自己的。心不言语，心里有数；嘴皮子说话，口若悬河。心作为住持，有其戒定；但嘴皮子不雇保安，常常在有意无意间出卖自己的心。

※ 自己的对与错，和这个世界的一切无关。因为你是主观存在，其余皆为客观存在，主观判断和行为的主动权永远掌控在你手里。

※ 无论做何事，如果有了正确认定，人就要服从自己的心。

※ 说养生的要旨在于养心，不是说心态决定一切，而是阐明一切养生的行为都由心来把控。心不掌控意志，所有的养生行为都会在信马由缰中失控。

※ 一个人活着绝不是为了活着。

※ 你若坚定地朝前走，路就无法让自己掉头。

※ 总秉持一种无所谓的态度，一个人就很难有所作为。

※ 生活中没有解不开的结，只有不肯去解的结。所以说：死结，在人心里。

※ 能活多久？老天爷不肯告诉你。其实就等于说：活多久是自己的事儿，自己的事儿自己看着办。

※ 吃不到葡萄说葡萄酸，是心态不好。吃不到葡萄干脆

把葡萄树挖了，是心不好。

※ 人生的悲剧不是没有喜剧，而是你总把喜剧演绎成作践生活的一幕幕悲剧。

※ 哀莫大于心死了，人还要得过且过地活着。

※ 做人不要用心机，但做事一定要用心。

※ 选择对了，可事半功倍，叫四两拨千斤。选择错了，会事倍功半，叫枉费心机。

※ 不会宽恕别人的人，一般都很善于用小心眼儿折磨自己。

※ 红绿灯真正能够约束的，都是懂得规则的人。所以让规则入脑入心，才能从根本上落实规则。

※ 人给你的作用力再大只是触动和推动，跟随自己的心去作为才是行动。

10. 认识是正确选择和行为的先导

※ 人不能选择命运，但选择往往决定一个人的命运。

※ 争论，就是用思想射出的子弹去击败谬论，从而有的放矢地寻找真理。

※ 在对有无魂灵的研究未成定局之前，千万不要夸口已经找到了长生不老的钥匙。

※ 若魂灵存在，人体，只是一栋房子。人去楼空的道理谁都明白。

※ 看月盈月亏，更明白一轮皓月和一弯月牙儿都是风景。所以不要被世俗的看法左右，自己和自己过不去。其实胖和瘦都可以成就独具特色的美。

※ 当所有的忙碌被日落后的暮色暂存，突然感觉万物将息，"人闲桂花落"，并不是什么好景致。

※ 不管透明的灵魂能否折射出放荡不羁的自由，一个人只要能扛着一颗有心的眼睛行走，相同的月光下他就能闯进与他人完全不同的空间，会看见流泪的蝴蝶，或自长出一对耳朵的围墙。

※ 只求知识而不疑者，人形书鱼也。

※ 高树蝉鸣，没有语言，也不表达思想。可我们还是知

道此刻正值盛夏，这就是禅悟。

※ 认识是正确行为的先导。

※ 认识尚未抵达之前，我们对事物的某些触及或感知再具体，都属于盲人摸象。

※ 思维一定要别开洞天：过了这个村，还有下一个店。鸟不拉屎的地方才有可能找到仙草。

※ 只有把好的和不好的东西放在一起，人的选择心才会睁眼，并把分辨上升为一种能力。

※ 历史很犟，很决绝，没留一点修改余地；而未来很随和，留有广阔的设计空间。历史只留下两样东西，经验和教训；而未来则需要两样东西，探索和保护。

※ 所谓眼界，不是你看到了多少，而是你看破或者超越了多少。

※ 对理想的追求，就是壮丽人生起飞的跑道。

※ 要有理想，因为它可以在教你跳起来摘桃子之前，先教会你弯下腰去种桃树。

※ 只有打倒自己头脑里的僵化和保守，奇迹才有可能前来和你拥抱。

※ 有了目标，坚持，才能超越过去的自己。

※ 凡自己相信的，就代表一种认定，就要坚持。

※ 咬定了目标，毅力就是成功者胯下的千里马。

※ 只要有理想，让心咬定目标，不管沙漠或戈壁怎么设置障碍，脚下的路就是一匹骆驼。

※ 学而不思，等于徒劳，也是浪费时间和精力。

※ 多次擦肩而过，就别再抱怨机遇不给面子。要让心审问自己的眼和手，是不是尸位素餐、眼高手低。

※ 我的大脑有时都跟不上我的心，你不懂我是很正常的，因为大脑无奈于心导致行为表达失常。

※ 路是人走的，出现路口，就要选择。选择的前提取决于目标。此刻方明白：人不能浑浑噩噩地活。

※ 没有笔直的路，你每遇一次十字路口其实就给你自己一次选择。

※ 年轻时，应该在经历和阅历上做加法，因为要有资本去拼；而年老后，则要在功名利禄上做减法，因为这时不管是否想得通，岁月都会逼着你学会放下。

※ 用正确的方法坚持正确的做法，就是最好的办法。

※ 根据广告去选择商品，你的满意度相比商家的满意度一定会大打折扣。

※ 所占的位置，展示一个人的现在；所朝的方向，决定一个人的未来。

※ 新思路无法置身于未来的实地去直接形成。新思路只能在现实中找准规律和走势，用正确的认识去对接未来。

※ 争论是一种讨论方式，争论不是赌输赢，不是狡辩和诡辩。争论是为了在分辨中寻求一种共识。

※ 真正想清楚了，就意味着不管结果如何，都不会为自己的决定后悔。

※ 做决定前要多想一想。定了，就意味着结果无法更改。

※ 知道了，是对问题听明白了。知足了，是把活法弄明白了。

※ 树叶就因为简单到没有任何思想，本能地落叶归根，却被别有用心的风折腾得四处流浪。

※ 方向不对，跋涉再长的路，身后都是失意的马蹄。

※ 努力奔跑很重要，但所选择的方向更重要。南辕北辙是故事，也是事故。

※ 同是动物，人的高级之处不在于体力多么强大，也不在于牙尖爪利。厉害的是脑力强大。思想这东西其实没有丁点儿力气，但能给人的能量提升附加值。

※ 问先有鸡还是先有蛋，是幼儿园的思维。如果让认识进入四维、五维、六维空间，就会发现平行空间有一种造物能量——条件决定事物出现的方式。

※ 让思想教育赋闲，搞单纯的物质奖励，就等于给干渴的人喂盐水。

※ 没有办法了，就可能激发出新想法，而新的想法会把人带入新的活法。

※ 明白了什么时候该糊涂，什么时候不该糊涂，才是一个智者。

※ 失去了舵，风再顺，一艘船也到达不了目的地。

※ 钱没有罪，作为货币，它可以是资本，又可以剥夺资本。从发展角度看，钱不是越少越好，而是越多越好，关键是你怎么赚钱和花钱。

11. 时间是徜徉在空间里的另一条河流

※ 时间不是伯乐，但是正确地使用了时间就可以让自己成为"千里马"。

※ 时间是最深入生活的，但它没写出一部作品，因为它没有心。

※ 去和时间争朝夕不可能赢，智者要让思维和创意走在时间的前面。

※ 大师是用专业思维加技能雕刻时间的高手。

※ 翻看儿时的照片，你会发现，时间在我们身上进行的二度创作是脱胎换骨的。

※ "雕栏玉砌应犹在，只是朱颜改。"不仅是一声叹息，还证明了时间不动声色的作用力。用诗人的话说，就是"润物细无声"。

※ 相对于时间的长度，所有的历史建筑不仅是过客，还是自己的墓志铭。

※ 谁也不能断定自己的灵魂是否磨损，但不老的岁月却把人逼老了！悲哀的是，头发越来越少，却不是因为聪明绝顶。

※ 看阳光给万物加持，才知道一粒豆火短，时间长。

※ 珍惜生命和珍惜时间是一致的，一旦时间不属于你，生命就归零。

※ 日子是古老的，但每天又是新的。

※ 有时承认绝对，即是承认相对。比如我们都得承认时间是生命的死敌，而且它是绝对制胜的不败将军。

※ 天地之所以有大美，是因为它用自然的四季给自己化妆。

※ 时间把日子串起来，就是昨天、今天、明天；时间把历史串起来，就有了过去、现在、未来。而空气负责让生命成为占据者。

※ 就生物存在而言，空气是滋养者，同时也是一块没有形状的橡皮。它擅长于借时间的手，擦去自己认为应该淘汰的过时作品。

※ 时间检阅一切，空气养活一切。时间的阅历就是资历，空气的阅历则是经历。

※ 越是感觉到时间不够用时，就越要抓住机会让自己休息。

※ 岁月把人熬老了，人却把岁月熬出了滋味。

※ 偶尔发现时间是勾兑大师，时间不用任何色素就可让同样一款普洱茶显现出截然不同的颜色。有人说这是氧化作用。我认同，问题是氧化也是在时间的监督下进行的。

※ 观流水有韵，你不仅可以看见时间走路的样子，还会发现时间不用呼吸，是徜徉在空间里的一条河流。

※ 眼见着草木枯荣，才知道时间不知冷暖。能够出手给四季换衣裳的还是空气。

※ 时空不作假，擅长于揭露真相。如有些东西放久了就会变霉、变质、变腐、变臭；而有些东西放久了，则生成包浆，转化为古董，演化成化石。

※ 时间的定力在于，看着一匹匹马累死，疲惫把路走瘸了，它也不让日子有一天休息。当然自己也自觉，绝不停下来喘一口气。

※ 不要追时间，时间是生命的掘墓者，而生命是在被押解过程中有效使用和享用时间的抗争者。从某种意义上讲，时间代表神消费的每一个生命。

※ 时间没有脑子，无法化解任何矛盾。它的本事是等得起，等智者出现，专司其职地去化解矛盾。

※ 去看看流水，可以看见时间走路的样子。如果细心，会发现流水有源头，但时间没头没尾。

※ 当速度自我提升，企图追赶时间时，空气就有了侠客的仗义，会毫不犹豫地出来打阻击战。

※ 时间是情感的克星。时间用长度制造距离，使淡漠得以快速构筑障碍，亲密被隔开。如果思念再放弃缝补的努力，淡漠就得以晋升，成为不可救药的淡忘。

※ 一双脚跋涉久了，路会累。我想，如何劝劝时间，让它小憩，陪我们休息。

※ 因为陌生，我才有可能成为你最熟悉的人。媒人是一句话不说的时间。

※ 时间是用来做事的，不要把它浪费在对一些人的怨恨上。只气愤，不发奋，成不了赢家。

※ 说时不我待，就是提醒我们做事不要等。因为你等时间的时候，时间绝对不等你。

※ 因为时不我待，所以只争朝夕的我必须从容。

※ 只空想，没有行动的人，每分每秒都在浪费时间。而浪费时间的人，本身就在被时间所浪费。

※ 把失意时消磨打发的时间用来打磨自己，就可能拥有用来打拼的本事。

※ 谁也没见过时间回头，它不知道累，不休假，也不住客栈；它没有缰绳，扔下了那么多拴马桩。你可以替它喘口气，但不要指望它停下来，它不知道"等"这个字怎么写。

※ 时间不会拐弯，也不掉头。人生简单，就是跟着时间走，但方式有变化：走路、骑马、坐车、驾飞船。只靠原始本能行走是一种速度，借助他力行走又是一种速度。原始的方式是用脚。

※ 时间杀人不见血，它一直给生命做减法。但你可以利用时间换空间，给自己的生命质量做加法。你使用和利用时间的能力，决定你生命的亮度和宽度。

※ 时间不是钱财，挥霍了再去赚。时间是一次性消费，糊弄时间的人，也会被时间糊弄。时间有资格说：你等着瞧！可谁如果等，谁就是时间的弃儿。

※ 时间是用来打拼的，而不是用来打发的。谁让时间在流浪中放纵，时间就让谁在放纵中流浪。

※ 谁也找不到人生的尽头，因为时间不给你通行证。

※ 人学会了使用时间，也就明白了什么是没有缰绳的马。接下来，就慨叹：时不我待，时日苦短。

※ 青春是留不住的，相片留下的只是青春的样子。你现在的样子，是岁月不断修改后交给时间审阅的毕业作品。

※ 去河边走走吧，你能看见时间走路的样子。问题是流

水只一道坝就可以拦住，而时间谁也拦不住。

※ 时间是个手工高手，它迟早会把沧桑剪贴到我的脸上。但我执拗，不让返老还童的心长出褶皱。

※ 你辜负了时间，时间最后会一丝不苟地做出举证：你辜负的是你自己。

※ 时间是义无反顾的，它不能帮人找回过去的快乐。所以要明智，只能借它忘记过去的痛苦。

※ 不要自作多情地去和时间赛跑，时间一直步履稳健，根本不曾跑过。

※ 真正的远行，是跟随一种思想行走。在前面领路的是时间，扔在身后的也是时间。

※ 等待者的生活经历比较简单：和时间告别，和衰老握手。

※ 时间已经把一切向未来放行，若还不断地返回记忆，双手捧着血淋淋的苦难不放，就等于饮悲泣血，让本该死去的痛和自己过不去。

※ 时间对众生同等对待，但有人看到的是逝者如斯，有

人则用它转化出属于自己的能量和价值。

※ 争辩，是想以道理说服人；忍耐，是请时间当老师，让事实去教育人。

※ 生活就是不断用时间给日子解纽扣。形象地说：明天将发生什么，谁也不知道，即便有些事能预先安排，但结果只能预料不能预定。所以过日子要随遇而安，学会知足常乐。

※ 从表面看，有些人在白白地浪费时间；但从本质上看，是时间在白白地消费他生命的使用价值。

※ 人这一生最容易赚到的是年龄，最容易赔的是时间。

※ 年轻时不存在不如谁的问题，只存在如何选择和定位自己的目标，其后有大把的时间用于自我塑造和创造。

※ 若忙于为事业打拼，时间就是金钱；若是病体缠身，时间就是遭罪。

※ 使用时间是不收费的，但赔了就无法扳转的也是时间。

※ 时间在写世上最长的一部小说。遗憾的是，时间不会使用存储器，结果就狗熊掰棒子了。

※ 大多数成功者都善于利用时间，特别是善于利用业余时间。

※ 时间是最容易得到，也最容易流失的。把握了时间，成功就有了一定的把握；把握不了时间，做什么都难有把握。

※ 时间是块看不见形状的橡皮，在不动声色中，把人所经历的往事一点一点抹去；留下的那些面目全非的痕迹，就叫历史。

※ 时间这把刻刀能把青春雕刻成美；时间这把刻刀也能把青春雕得面目全非。

※ 时间不用过期作废，但作废的绝对不是时间。

※ 可用时间对每个人都是平等的，但这不等于每一个人都能同等地使用时间。

※ 时间才是化妆高手，不用任何工具，就把岁月刻在人脸上，又不动声色地把人的一头黑发改成白发。

※ 时间是个健忘症患者，人到了一定年龄也会被传染。

※ 所谓人生，就是时间给定的生命长度。人既是时间的

奴隶，也在奴役时间。在一天一天的日子里，人始终受命于岁月，人虽野心勃勃，其实就是个跑龙套的。

※ 晚上睡觉已经浪费了很多时间，白天就要防止时间替你浪费懒惰的自己。

※ 对产品而言，时间可以让包浆成为它的皮肤。但对建筑而言，时间就是冷酷无情的杀手。

※ 最容易虚度时光的人，就是那些始终认为自己还有大把时间的人。

※ 时间不是用腿朝前跑，所以不要指望用脚去赢得时间。

※ 人的一生都在和时间打交道，有的人在消磨时间，有的人被时间消磨。时间是公正的。但人对时间的使用不同，决定了待遇不同。

※ 一个人的生命能量，决定着其所用时间的含金量。

※ 时间每天都在抹杀岁月，永恒的是一种轮回。

※ 时间是个无任何库存的宝库，所有的收获都要靠你从那里面一点一点掏出来。

※ 人活着控制不了时间，但可以有效雕刻和使用时间。

※ 时间每天都在抹杀岁月，所以永恒总被现实折腾得体无完肤。

※ 慢下来才知道：时间的手里没有鞭子；那些碌碌无为的人不是因为浪费了时间，而是被不知所终的目标浪费了。

※ 时间可以占用，但不能占有。时间在你用的时候就会变短。

※ 凡是时间隐藏的真相，到了能被透露出来的时候，已是失去了真实的真相；不是因为时过境迁，而是时间没有那个本事让人倒回去查证。

※ 没有人可以用财富去和岁月交换自己的年龄，因为岁月的缰绳绝对握在时间手里。

※ 很多时候我们不是输给了时间，而是输在了没有很好地掌握和利用时间。

※ 高效率，就是时间被有效地使用。低效率，就是时间被有效地浪费。

※ 时间是用来处理事儿的，你若慢待了它，时间可是有的是时间来找你的事儿。

※ 时间只是不管不顾地朝前走，是季节让时间明白了什么叫轮回。

※ 一脸沧桑面对镜子，就明白时间是何等圣手，它能在不经意间把不同时段的人雕刻出不同的样子。时间不会掏心掏肺地与人唠嗑，它也无视人说过的所有话语。

※ 偷闲和偷懒不一样，偷闲是借时间放松自己，偷懒是用时间浪费自己。

※ 时间什么都不管，结果什么都管了。令人费解的是，什么都会老，只有时间不老。

※ 在《英雄联盟》《王者荣耀》《刺激战场》等电子游戏里鏖战得昏天黑地，大把大把挥霍着时间，却请盒马鲜生、外卖小哥代步，美其名曰要节省时间。时间感觉摸头不知脑，因为观念被颠覆了。

※ 时间属于易逝品，不去消费就等于浪费。

※ 时间不会为任何人刹车，但不与时俱进的人等于自己在没有站台的地方下车。

※ 时间本身并不重要，所以毫不心疼地流逝。真正重要的是我们如何有效地使用时间，用者心苦、心累、心悲、心乐。

※ 不能在有效的使用中消费时间，就等于直接浪费时间。

※ 时间是个不开具药方，也不会为人动手术的医生。

※ 时间没学过任何手艺，却把岁月丢在身后的遗物打造成了文物。

※ 想和时间平起平坐，就是为了和年轻的你们一起分享生活中的悲欢离合。

※ 你怎么利用闲暇时间，直接决定着时间用什么方式成就你的人生。

※ 有心，想挤时间有各种办法；无心，说没时间是最廉价的借口。

※ 有的人帮助你浪费时间，有的人帮助时间成就你。

※ 指责一个人挥霍时间，是错觉，谁也没有那个能力。

相反，是时间在不停地挥霍我们。

※ 从宏大视角可知，时间和空间在太阳和月亮的眼皮底下交媾，就诞生了日子。日子里发生的是是非非被时间缝缝补补地连缀，就成了捉襟见肘的历史。

※ 业余时间的使用是各行其是的，却在不经意间拉开了人与人之间的距离。

※ 没有为时过晚的问题，当你决定去做一件事时，时间就陪着你从零起步。

※ 时间若不用，真就没用了。消逝的时间和闲适的人在互相浪费。

12. 聪明只是智慧的边角料

※ 智慧就是修炼到绝顶聪明，但绝不要半点聪明。

※ 知识的重量在于厚积，智慧的能量在于薄发。

※ 大智慧是替天地睁眼，小聪明是让自己的心长眼。

※ 智慧的创造者，都把失败当成再来一次的机会。

※ 聪明，其实只是智慧的一点儿边角料。

※ 知识是用来武装大脑的，而智慧是善于消化的大脑反刍之后重新创造的。

※ 聪明的人总认为自己比别人强；智慧的人总在发现别人哪些方面比自己强。

※ 处处想显出自己比别人聪明，其实已经显得比别人蠢了。

※ 越是要体现大智若愚，越需要智慧。

※ 不要让自己比别人聪明，但一定要让自己比别人智慧。

※ 夜无论多黑，也改变不了月亮的颜色。

※ "美女作家"或"美女诗人"的头衔其实特别扎眼，不仅喧宾夺主，还让人生出疑惑：究竟是用脑子写作，还是用容貌写作？换言之，究竟是用文字征服读者，还是要用容貌征服读者？

※ 聪明之人计较，重于得；智慧之人比较，在得和舍之

间选择。聪明使人精明，智慧使人开明。

※ 惯性思维最大的本事就是领着人在盲从中迷失，最后自己丢了自己。

※ 潜能是一种蓄力待发的优势，潜能一旦开发出来，就是打开成功之门的钥匙。

※ 节约是相对于资源耗用而言的，不是抠，不是把钱省下来等它生蛋。钱是赚回来的，不是省出来的。有智慧的人以赚生财，不会靠攒的笨办法去积财。

※ 拿自己的无知去挑战智慧，听到的是嘲笑；如果能在反省中逆袭，就可以和觉悟握手言欢。

※ 知识和力量没有关系，知识是用来武装智慧的。智慧的作用力就是能力，能力可以指挥和控制力量。

※ 与有大智慧的人为伍，就是和出类拔萃的精英常态化较劲，强烈的平庸感逼着自己抽自己的鞭子。一旦出道，要么不同凡响，要么一鸣惊人。

※ 力气再大，都被自己的脑子支配。智慧不拼力气，它信奉"四两拨千金"。

※ 不要轻言看透了这个世界，其实我们往往连身边的人都无法看透。

※ 马蹄再快，也是速度的奴隶。

※ 太过聪明的人往往折戟沉沙于自己的聪明。

※ 不要你拼命地干，智慧在脑袋里，动脑子，才可能四两拨千斤。

※ 智慧的最高层次就是把所有的聪明用于忘我。

※ 做小事靠精明，做大事靠智慧。

※ 有方向的人，跟着自己的心实干；看风向的人，总想跟着自己的小聪明投机。

※ 所谓大智若愚，就是自己不要聪明，别人也不感觉他特别聪明，但事实最后证明他的智慧大于聪明。

※ 凡是靠投机或走关系成事儿的，最后会落得个有手段没本领的评价。

※ 不要把难得糊涂挂在嘴上，因为到现在为止，你很难用事实证明你比别人有智慧。

※ 大智慧就是不与聪明者比聪明。

※ 笨人之所以容易成功，首先是因为他容易被聪明的对手忽视了。

※ 有时候，越精明，越是被算计误导得顾此失彼。

※ 聪明，是用最快捷的方式去接近追求的目标。智慧，是用最笨的办法去办好最难办的事情。

※ 愚昧就是给智慧坐冷板凳，让自己跟随盲目去做蠢事，而且坚信只要虔诚就会有圆满的结果。

※ 能用最笨的真知灼见一眼把眼观六路的聪明人看透，就是慧眼。

※ 再聪明的人如果只按自己的意愿、喜好和口味接纳信息，就会陷入自我屏蔽；从而不知不觉丢失明智，顺理成章地步入愚蠢固执。

※ 和心眼多的人在一起，你的心会被各种算计咬出许多眼儿。

※ 聪明者认为这个世界上就我最行，智慧者认为能让别

人跟我同行才是真行。

※ 若把诚实丢了，小聪明可以帮你左支右挡，做些自欺欺人的事情。诚实，可以使一颗心和另一颗心走近，成为莫逆之交。但掩饰，终会让你捉襟见肘、露出马脚。这才发现哲学其实是裸体的，不穿衣服。你把诚实丢了，被丢的不是诚实，是朋友从此把你拉黑了。

※ 傻人不用装傻就傻。装傻的，一定是聪明人。

※ 一个人在别人看来太过聪明，他就在耍小聪明。

※ 狡猾，是被奸诈篡改过的一种聪明。

13. 写作是一支笔替才华横溢的心开口说话

※ 做人不能世俗，但当作家不仅要面对世俗，还要走进世俗。

※ 写作风格，是在自由撰写过程中形成的一种独特文字表达方式。

※ 如果先咬定一种风格，让形式塑造自己，写作就堕落为可怜的做作。

※ 作家写作必须让心代读者操笔，因为作品不是给自己看。

※ 能够打动人的作品，是可以从人的内心调动泪水来洗涤灵魂的。

※ 写作，就是一支笔替才华横溢的心开口说话。

※ 若文学艺术也允许啃老，估计沙翁、托尔斯泰、李白、杜甫等负担是极重的。

※ 心不遗珠，眼不走空路，就是文人咀嚼生活的能力。

※ 就字面去想，"古道马迟迟"可以理解为古道太长，马蹄走得太慢；也可以理解为塬上烈日之下，路比马蹄走得疲惫。但"高柳乱蚕丝"则以借喻的手法直抒胸臆，句中不着一个"夏"字，却让人想见酷暑时分，一轮烈日当空。

※ 一支笔要写出生活的内核、内涵和内在，眼睛就要学会剥壳。而剥去外表后往往是最漂亮、最美丽、最夺目的部分。

※ 好的作品不在于长，而在于读多久都不觉得长。

※ 优秀的作家，都是在消费注意力的过程中找到共鸣。

※ 一个好的作家可以没有任何背景，但一定要有创作的大背景。这就是生活，也是灵感的源泉。

※ 写作，就是让想象力背着沉重的素材去生活中寻找和碰撞灵感，再老老实实将其写出来。

※ 写作，实际上就是讲大实话，但是最怕出现的就是大话，或者是带有口号性的大话。

※ 作品能否写到"柳暗花明又一村"的境界，取决于才华给不给你别有洞天的入场券。但写不写，则决定着自己有没有资格去领取入场券。

※ 风格，就是个性和修养渗入处世行为和艺术审美，成熟到有了专属于自己的特定发散模式。

※ 讲述，其实是记忆凭借思维口若悬河。

14. 装和假是生活和艺术的死敌

※ 读罢"巧借闻雷来掩饰"的句子才明白，表情并不是心的脸庞。

※ 任何艺术创作都是思想的孩子。

※ 艺术表达的最高境界，就是让不会张口的作品说话。

※ 若虚荣，就不要每天照镜子，因为镜子说实话。不像化妆品，每天欺骗你，你又借它去欺骗别人。

※ 心是自己的。当人不能忠实于自己的心时，世界就开始诞生虚假。

※ 不要一谈格调必言雅，言阳春白雪的化境。其实俗和雅是互相映衬的，所以有雅俗共赏一说。雅若庸俗化，整天端着，那叫格式；相反，俗而不庸，才叫格调。

※ 演，是表演艺术家的本领，是艺术的真实呈现；演，有化妆、定妆、卸妆。但演的过程不能装。装，是表演艺术的死敌，是一种虚假对艺术生命长度的剥夺。

※ 心随飞絮越西墙，如果是为花所诱，结果可能是"惹恨还添恨，牵肠即断肠"。等人真个醒了，一声声叹"剪不断，理还乱"，方悟"凝情不语一枝芳"。不仅仅考验定力，还可减持情债。

※ 有了风骨，艺术的灵魂才能站起来。长城是华夏风

骨，大雁塔是大唐风骨，黄鹤楼是楚天风骨。

※ 来自火里的不都是涅槃。巴黎圣母院塔尖倒落于烈火的瞬间，心痛如一根刺扎入人们心里！无泪喊疼的是文化和艺术。

※ 艺术的价值在于创造，一旦以技术或技巧将其引入制造，艺术的价值就被打折。

※ 一些具有历史传承的文化和艺术之所以被后现代艺术打扮得不知所措，是因为实用主义者把自己的高明建立在虚无主义的高度之上，从而使文化的价值输给了价格。

※ 舞蹈用舞姿表达，音乐是贯穿始终的一根主线；但不肯露面的乐感在骨子里，是把唯美带入化境的艺术灵魂。

※ 艺术之眼钟情于美的发现，所以歌颂高尚也需要品格高尚。

※ 超现实主义画家除了知音难觅，还有可能被现实饿死。但其艺术价值有恒寿，往往在画家过世后，与有缘人邂逅。

※ 尺度恒定的太阳一丝不苟，却给了我们那么多潦草的阳光。

※ 秘密的身后要么藏着羞耻，要么藏着阴谋。自己打开秘密叫解密，别人打开秘密叫揭秘，强行打开秘密叫曝光。

※ 人可以装出微笑，但真诚和善良却是一张脸所无法表达的。

※ 人若无修为，只是背上道德压力的行囊，就会变得假正经。人若背离了道德定力，虚伪则会沦为真可怜。

※ 服饰是外在的打扮，气质是一种内在素养。外在打扮一直在追赶时尚，内在素养创造时尚并被追赶。

※ 活在世上，如果去迎合、讨好一个人，就一定会说违心的话，虚伪就缠上了你。累，是心对你的惩罚。

※ 平时的正襟危坐可以装，在面临诱惑的一刹那，人的定力最容易捉襟见肘。

※ 人为面子活，最大的长进是虚荣，最丰硕的收获是心累。

※ 凡是死要面子的，一般都没弄明白什么叫"面子"所以就把虚荣看得比脸重要。

※ 也许眼睛真是心灵的窗户。有的人眼睛里能看到一尊佛，有的人眼睛里藏着只露半张脸的狐狸，有的人眼睛里还有一只眼睛。

※ 人如果不能真实地活，生命就会在虚伪精心的打扮下丢失本我。

※ 有时生活悲惨不是因为有悲剧，而是规矩这家伙喜怒无常，硬生生地要把悲剧篡改成喜剧。结果真实的眼泪开始荒诞，显得不知所措。

※ 对于盲人而言，这个世界只有一种颜色，所以他们的淡定不装，是至空至无至真的淡定。

※ 美化自己并不难，难的是定了妆，能永远不卸妆。

※ 雨天，见洒水车习惯性地在大马路上洒水，就想到了诗句：欲与天公试比高。问题是那些躲避者和我想的不一样。

※ 灵魂是人的精神内核，可以塑造，但不能打扮。

※ 一个人总在夸耀自己的过去，只说明他已经把今天经营得一无是处，无颜以对。

※ 活给自己看，人会追求务实；活给他人看，人会变得

虚荣。

※ 人若一味地追名逐利，其实就等于被功利主义牵着鼻子，把过分放大的虚荣驮着，把自己的真性情活活累死。

※ "命中有时终须有"是懒人的痴想；"命中无时莫强求"是懦夫的自嘲。

※ 交谈中，无意说出的话往往是真话。真话可受用，是有价值的。而用心计琢磨后说出的话，往往是假话。假话虚而失用，故为伪价值。

※ 笑发自内心是快乐，笑浮在脸上是应付。

※ 真正的重量级人物不相信包装，他们始终用实力武装自己。

※ 舞台上光彩夺目的帝王，下来后就是自己动手卸妆的艺人；因为角色是假的，生活是真的。

※ 不要去向整容师咨询你该不该整容。

※ 画出来的太阳不是真太阳，所以不要指望它发光。

※ 人越想证实自己不虚伪，就越发强化了自己的虚伪。

※ 能一剑封喉，就不要去显摆招式。花架子不仅白白耗费时间，还可能让自己露出破绽，给对手创造一招致命的机会。

※ 有时出于善意可能会说几句假话，但内心必须把它判定为谎言。

※ 对有些人你不可能说心里话，但可以选择不说话。

※ 成熟变异为城府的代价就是丢失纯真。

※ 时光流逝，人就无法驻颜留芳。打扮只是用化妆品安慰眼睛，岁月不买账，是不讲情面的卸妆高手。

※ 任何卖弄、炫耀、吹嘘，其实都是在一点一点剥去原本属于自身的固有价值。

※ 因为沉湎于羽毛的华丽，孔雀的翅膀慢慢就忘了该怎么飞。

※ 真性情地骂你不可怕，可怕的是假心假意对你好。

※ 戴着假面具去应付人，其实就是在欺骗自己。

※ 粥不够时加水是欺骗肚子，饿不饿大脑绝对清楚。所以不仅要除水分，还要对擅长加水者处理得让他感觉得不偿失，否则作假就有了通行证。

※ 其实谎言说上一万遍也成不了真理，但可怕的是，它会混淆和抹杀真理。

※ 流言蜚语传得快，消失得也快，因为它不是口碑而是口水。口碑会被人刻在心里，而口水会被人唾弃。

※ 嘴里说出的能听见，所以多甜言蜜语。心里盘算的看不见，所以有口蜜腹剑。

※ 谁把阿谀奉承弄过了头，自己就成了一块肥肉，腻歪人。

※ 有的人用文化包装物品，有的人用文化提升物品的附加值。

※ 人学会了虚伪和欺骗，这个世界就会流行假冒伪劣。

※ 凡是长于挖陷阱的人，都是善于伪装的高手。

※ 有了虚假的自我，人就有了另一张脸。

※ 你耳朵所了解的，一般是别人口里说的，那可能是失真的我。

※ 开口闭口说自己和哪些名人、达官、显贵铁，其实是一种浅薄。别人混得如何，其实和你半分钱关系没有，抬出他们来垫高自己，恰恰是在暴露你掩饰自卑的那点虚荣。

※ 真坏人可以躲，假好人最难防。

※ 对于站在职业立场上向你做产品和商品介绍、推广的人，一定要打问号。

※ 点赞和投票，是心自觉地为你举手。但要来的点赞和票数，等于强迫他人以违心的行为满足自己的自欺。

※ 有的人穿金戴银，并不是自己特别舒服，而是为让别人感觉自己好看、排场。

※ 吹捧是一种手段，可以让讨好者以非正当竞争的方式获利，但亏损的是人格。

※ 敢在你面前说真话的人，是宁可自己不落好，也为你好的人。总在你面前说假话的人，往往是讨好你，自己想落好的人。

※ 过分的恭维和吹捧会使人失重，跌倒了都不知怎么跌的。爬起来，已经鼻青脸肿。

※ 人一旦虚荣或者死要面子，就会装。越装，就把自己搞得越假。

※ 广告的功能就是炒作，使商品的价值最大化，而真与假则由商家的良心做主。

※ 广告有务实性，要么把物有所值的东西介绍给你，要么把已贬值却想赚取额外价值的东西推销给你。

※ "楚王好细腰"是一种审美标准，和节食无关，但落入讨巧取媚，就有了"宫中多饿死"。

※ 专家说可以通过对婴儿基因进行修改和调控，使其长大后对某些不治之症具有免疫力。想问这类专家：你拿什么来证实自己的研究成果？如果真有这么高超的技术，就把它用在即期，通过修改和调控，让已患不治之症的人免受痛苦的折磨。有敢揭榜的吗？还是忽悠。几十年后的事儿，可以把胡说当学说；但即期的东西需要即刻兑现，兑现不了，立马露出马脚。

※ 包装可以提升物品的附加值，但它不是物品本身的价值。

※ 如果连治病的药都病了，社会就可能病入膏肓。

※ 现实中其实有不少人都醒着，可悲的是一直睁着眼睛装睡着。

※ 品牌如果丢掉了"品"，剩下的就是一个徒有其表的牌子。

※ 如果吃喝穿都着眼于包装、广告和感官兴奋，多花钱倒没什么，可怕的是会由此拉动了添加、作假和投机行为的提档升级。

15. 童心可以领着灵感去挖掘天真

※ 童年的记忆是可以找回来的，但那颗童心已经锈迹斑斑，天真也被时间偷走了。

※ 童心是人世间最干净的地方，因为童心里住着很纯的天真。天真的笔名叫无邪。

※ 所谓童心写作，就是让童心领着灵感，去挖掘最纯粹的天真。

※ "谁给樱桃涂的口红啊?" 从成人嘴里说出来,要么是有想象力,要么是幼稚;从儿童嘴里说出来就是天真。角色定位决定了角色不能错位!

※ 孩子的童心其实就在上帝的心和眼睛里,他们的天真是神给的,他们替神代笔,让诗句美得天真无邪。

※ 孩子就是孩子,即便有些诗的句子冒犯世俗和常规思维,也是童言无忌。不信你去问上帝,他会说这是天真得不小心。

※ 一个孩子走进诗歌里,诗歌就多一颗童心。童心是最干净的,可以返老还童,可以让诗歌干净。诗歌是热爱读者眼睛的,眼睛又喜欢去镜子里找自己。其实童心也是镜子,善待这面镜子,人可以老,心不会老。

※ 若人还有天真,心就可以走回童年。若情感里还有纯真,容颜可以老,心会领着自己返老还童。

※ 不要说自己老了,如果童心依旧,你会觉得自己总比明天年轻。

※ 夜晚,在梦里睁开眼睛,眨眼的是星星,前来敲击耳膜的童音就是天籁之音。

※ 天真来自童心，但童心会死于老成世故。

※ 想象力的童年其实就是天真。

※ 玩，是童心的娱乐场，也是最生态的锻炼方式。孩子上学前，父母要做孩子的玩伴，而不是老师。老师，是他们上学后自然会遇到的人。

※ 萌，有憨态，但不是憨。萌是一种可爱戴着博士帽上幼儿园。

※ 把童心、童言、童趣搁在一起，用一份真去勾兑，就能生成天真。

※ 陪伴就是爱心和童心手拉手地走。忽视了用心里的爱去和孩子做伙伴，引领就被闲置，在一起只是一种形式；就孩子的心灵成长而言，依然处于没有交流的孤儿状态。

※ 小时候，画在手腕上的表不值钱。现在想想，那颗藏有童趣的童心比什么都值钱，若丢了，无论花多少钱也买不回来。

※ 在深情的母爱里，孩子才能找到自己最快乐的乐园。

※ 带孩子去学一门乐器，不考级，不指望他们当音乐

家，就是给他们开扇窗，培养一个兴趣。我们总说心灵手巧，其实，从发育成长的过程看，是手巧心灵。

※ 天真很幼稚，只能诞生在一颗干净的心灵里。

※ 天真是被童心喂养出来的，童心喜欢跟着兴趣走。

※ 成人习惯用眼睛观察世界，孩子喜欢用嘴巴品尝世界。

※ 不要让分数的侵略性瓜分孩子童心里面的那份天真。

※ 孩子的天真是一种不自觉的原生态幽默，也是单纯到没有任何目的的灵感。

※ 童年是上帝给孩子们的一段幸福时光。大人千万不要用自己的设计去篡改。你的梦不是孩子们的梦，未来是未知的。

※ 要让孩子成为杰出的创造者，就不要把自己在创造中形成的东西以疼爱的方式留给孩子。

※ 关心孩子的学习，也关心孩子的玩耍，才是合格家长。因为玩是最契合孩子天性的锻炼。

※ 能回答老师提问的学生要肯定，能不断向老师提问的学生更要充分肯定。

※ 经历用时间淘汰了幼稚，但同时丢失的也有藏在童真里面的天真和纯真。

※ 儿时的天真是这样武装那个小野心的：在坡上采回一束野花，就认为整个春天都在自己手里了。

※ 老就是一颗童心辞职了。很难再有那种天真啦，不再想爬上屋顶，摘下那轮白玉盘，给漂亮的姐姐做镜子。

※ 童心是跟着自己的兴趣走的，童心无邪，不会看人的脸色和眼色行事。

16. 咬破共鸣的一定是真情实感

※ 文学作品的杀伤力在于真实，当读者的情感被击中，流出的泪滴就是血滴。

※ 作品，如果用隐藏在诗意间的思考来为自己的想象力抛光，让人读着读着进入思考的状态，而且另有所得，这就是共鸣的倍增性发散。

※ 诗歌艺术的力量在于感人，而真正感人至深的一定是真情。

※ 咬破共鸣的本源力量，一定是诗人的诗句里的真情实感。

※ 为纪念真情写下的诗句就一定具有核力量。阅读的眼睛不管有无泪水，都会让一种惊诧直抵自己的大脑皮层。这种现象可以叫阅读兴奋，也可以叫阅读共鸣。

※ 无论是"诗言志"，还是"诗言情"，凭借的资本，一定是诗人的思想深度和真挚的情感。这既是想象力为共鸣度精心准备的向导，也是自我把持力不为冒充人性的情欲摧眉折腰的精神钢构。

※ 写诗的至高境界应该是诗人的灵性和读者的共鸣在不约而同处无意相会，是一种灵心慧识的共同奔赴。共鸣是雅的说法，俗一点说就是一见钟情。但凡作者和读者对眼的诗和句子，一定是灵感点化过的经典。

※ 诗的力量在于宣泄和揭示，而最酣畅淋漓的宣泄和揭示在于情感的真实。情感可以让没有七情六欲的汉字学会眉目传情。

※ 把主观对客观的感知细嚼慢咽后，在不同的心境下反

匀、回味，就可以把如泣如诉的情感雕刻成诗句。

※ 当三世的白发全朽了，飘为雪，遗为霜，空灵为纸幡，你还等不等我？这样的问话相当于疯话，但被问的人还会为一滴痴情的泪点头。也许是爱，也许是恨。

※ 鸟儿的叫声我听不懂，可我不否认它好听。但好听只是让我耳悦，却掀不起我内心的感动。

※ 情感是用来表达的，适当的埋藏应该是为了发酵。

17. 土地才是名副其实的上帝

※ 凡是过去的，皆为脚印，是生命给土地的吻。神都无法捡回来。

※ 脚下的土地默默无闻，却生养万物，承载万物，背负着所有的沉重。有灵性的思维应该彻悟：土地才是名副其实的上帝。

※ 站在树下听听落叶怨秋风，再看一眼脚下的土地堆金叠翠，就明白爱恨情仇为何总搅和在一起了。

※ 不要轻视草根，世界上最有生命力的是草，昂贵的也

是草，比如虫草、石斛。

※ 真正的必需品是不需要做广告的，比如土地、水和空气。

※ 正在千方百计研究抗癌药物的人类，怎么也想不到自身正在成为地球的癌细胞。

※ 即便是站在珠穆朗玛峰峰顶的人，也有第一步，这一步一定是从山脚以下的地方开始的。

※ 废墟是被毁坏的存在，是价值被有意或无意中打碎后的残留价值。若能在这里听到历史惋惜的悲叹，那么这里就流行过惊世骇俗的赞叹。废墟有时是比原存在更引人注目的教科书。重！只有历史才有资格去翻动。

※ 你拱破泥土长成一株苗时，要有扶摇之志，让自己长成一棵大树。你成为参天大树时，一定不要忘记你曾和草一样高。人的志向可以高，但心态一定要放低，特别是要知道自己的根在哪里。根所在的地方叫土地，那里没有高低贵贱之分。

※ 土地小心翼翼捧着湖，别填，里面盛着子孙的福禄。

※ 让两只脚踏实地在生活里践行，思维才可能一飞冲

天，遨游万里。

※ 小草和大树确有高低差异，但无尊卑之分，都植根于土地，共同的名字叫"植物"。细思量，人亦如此。

※ 根不在时，一滴泪落下都没有立足之地。

※ 别羡慕云彩自在，它飘无定所。天空是可以任性地逛，但一个脚印也留不下。

※ 草不能回头，也不会走路。所以懂事的马不强其所难，也不顾忌自己吃回头草。因为它眼里认得的只有草原。

※ 文化和历史是一个国家的脉搏，未来是梦想要去按蓝图施工的地方。

※ 城镇化如果走入硬覆盖取代软覆盖的怪圈，土地就会患上可怕的硬皮症。

※ 如果相信负氧离子是存在于空气中的维生素，人就应该把每块水面、每块绿植当作眼睛去对待。

※ 城市作为人居的生活载体，其已存的建筑本身都是具有实用性的文化艺术展览。

※ 大自然若开口，也许会说：最讨厌的就是人类。因为它提供了一切条件让人类把日子过下去，但人类总和它过不去。

18. 匠心独具就是心长出另类的眼睛

※ 让创新思维随心所欲，才可能实现艺术表达的标新立异。

※ "冰是睡着的水，水是醒了的冰。"作者能写出这样的句子，有人认为得之于灵感；有人认为得之于想象力；我认为得之于观察。这就叫公有公的理，婆有婆的理。

※ 匠心独具，就是心长出另类的眼睛，按自己别具一格的思维和审美去做精细到极致的绝活儿。

※ "黄鹤楼中吹玉笛"是写实，"江城五月落梅花"就是超写实。前者出现在现实中，后者出现在想象中。

※ 作为有切肤之痛的言说，尽管千方百计把泪转换成唯美的诗句，读诗的人还是把诗句解读成泪。也算是各得其所、相得益彰。

※ 细腻是诗人用容易被忽视或被省略的写真式意境把描

述填进见微知著的唯美。

※ 他山之石，可以攻玉。字面意思可理解为师夷长技以助己。但你若跳离文学比喻去进行实证，以石攻玉不仅徒劳，而且无常识；如果石和玉以硬度决斗，手下败将肯定是石。但文学创作中的想象力是不对科学负责的。

※ 用孤独和自己的寂寞促膝长谈，让不会落泪的月亮感动。摘几颗星星扔进湖里，土地就替天哭了。

※ 长满鲜花的地方是春天。堆满鲜花的地方，要么是折杀植物生命的花市，要么是祭奠亡灵的墓地。

※ 让各类不具备艺术气质和逻辑关系的物质找到价值取向，在审美意识支配下实现艺术整合，并以新的抽象形态面世。

※ "相顾无言，唯有泪千行。"其实是心开口说话的一种方式。

※ 要把简单化为一种意境，不是删繁就简三秋树，而是清水出芙蓉，天然"无"雕饰。

※ 不要以为鱼小就不咬人，被刺卡了，你才知道开口的方式不一样。

※ 蜂只盗走了一点蜜，花却由此结了果。

※ 蝴蝶没有找蜜蜂，蜜蜂也不会去找蝴蝶。它们碰在一起，是因为花朵不会走路。

※ 木叶落处秋说话，人情冷时心不语。

※ 真正的贫穷，不是你什么都没有，而是你想都不敢想。

※ 敢于大言不惭，又能把事儿做到叫人无可挑剔的，就算胸有成竹。

※ 有的花因为美被人喜欢，有的花因为香被人喜欢。所以不要以为美就是漂亮，魅力、气质、内涵、品格都有美的属性。

※ 处世时的冷，有时也反映出一个人内心的安静。安静是思考寄居的福地。

※ 成功时对人最大的挑战是退，失败时对人最大的挑战是进。

※ 你想展现自己的价值，就要千方百计为社会创造

价值。

※ 所谓慎重不是犹豫，而是一定要去做。只是在做前要多想想，会有什么东西阻碍我做成这件事。

※ 在遇到责难或训斥时，要这么想：这是生活在以一种特殊的方式赋予我修养。

※ 不要说我长得丑，漂亮和丑都是审美极致，是一枚钱币的正反面。过目不忘这个词就是为我们生的。

※ 人勤快，智商用到了点子上，一双手就是你的财神。

※ 工匠精神的本质是精益求精。即用生命的责任重量去雕刻质量，所做的东西一定要经得起时间的挑剔和检验，绝不拿信誉价值作儿戏。

※ 先见之明成之于洞察力。洞察力不是目光如锥，而是认知力会拐弯，可以由此及彼。比如众人正为一束光的出现欢呼雀跃时，他却在辨别这是灯光还是阳光。又如身边有大片阴影出现时，不少人心情郁闷，他却断言：阴影就是光明的影子。影子一般隐居在没有光的地方，跟着太阳就能找到它。

※ 人之所以要抉择，就是鱼与熊掌一般不可兼得。世事

难有两全，再好的药也有副作用。瓜农谓之"甘瓜苦蒂"。

※ 坏人也有慷慨之处！用尽心机给你上几堂大课，教会你虎落平阳、痛心疾首，居然一分钱学费不收。

※ 车辆有制动，但司机会走神，所以不要拿肉体去和铁家伙抢道。只有把每辆车的司机都当成第一次上路，你才能确保自己走更长的路。

※ 按照多劳多得的原则，戴眼镜的人应该经常给自己的鼻子发奖金。它没有肩，却替你扛着视力。

※ 创新就是和风险打交道，要有把失败当家常饭的心态。

※ 当被嘲笑的提问者带着微笑去台上领取创新奖，我们在自责的同时也可以有一点自慰，因为嘲笑产生的刺激也属于作用力。

※ 考高分的人只是把老师教过的东西按卷子要求准确答出来。天才不同，他是把别人不曾做过的事做出来，再被别人借去教更多的人。

※ 说失败并不可怕，只可视为一种不肯气馁的自我勉励，但不要用它作人生的座右铭。因为有的失败一旦铸成，

再无逆转机会；有的失败则导致事业彻底崩溃。

※ 喜欢简单否定的人，其实是在拒绝试图和自己发生关系的一些机遇和可能。

※ 让心跟着眼睛去追新求异，你就比别人多了资本以外的另一种资本。

※ 人心不能上锁，但人心真正锁定的东西，什么钥匙都无法打开。

※ 不是简单地去活，才能活得不简单。

※ 目标不是用来向往的，目标应该是用来抽打自己的一根鞭子。

※ 真行者，走最难走的路，才有可能去别人去不了的地方。

※ 存储再多的知识只是一种能量，思维和创造才是让能量得以释放的能力。

※ 喜马拉雅山谁也无法搬动，所以要学会让自己移动，这就是务实。

※ 只有善于思考的大脑才有胆量怀疑眼见为实。

※ 若要把所有的风险都拒之门外，机遇也就对你望而却步了。

※ 不能太相信眼睛，电波眼睛看不见，声音眼睛看不见，暗物质眼睛更看不见。最让人悲催的是，距离可以把眼睛要看的藏起来；一扇窗帘甚至一片树叶也可以把眼睛要看的遮去。

※ 想和别人不一样，就要学会用第三只眼睛看世界，而这只眼睛只能在心里睁开。

※ 广告挺身出来打擂，就是和"酒好不怕巷子深"对着干。

※ 踩着别人的脚印前行，叫走路；朝着没有路的地方前行，才叫走新路。

※ 再宽的路没有网带宽，再窄的通道没有光纤窄。

※ 做出正确的选择，比把事情做得天衣无缝更为重要。

※ 谁在既定的模式里打盹，谁就会成为既定模式的淘汰者。

※ 凡能找到答案，就是已经解决了的。所以大智慧者重视找问题。找到问题，就可以琢磨出正确的方法，就能在攻城略地中解决问题。

※ 与你最想得到的东西失之交臂，有时也是机缘安排的一种幸运。

※ 正因为男儿有泪不轻弹，所以其泪水就更具有欺骗性。

※ 输在过失上，输几次；输在思维上，输一辈子。

※ 在同等的交通条件下用同样的方式赶路，会抄近道的人肯定走在前面。

※ 着眼点决定着认知，比如眼睛只是惊叹于瀑布的壮观，它绝不去考虑水重重地跌下去会不会疼。

※ 没有好的设计，把砖石垒得再高，只是一堵墙。

※ 之所以被人笑称睁眼瞎，要么是有心不用心，要么是用了心，但又不从实际出发。

※ 眼睛能看到阴影时，恰恰是因为明晃晃的太阳当空

临照。

※ 捷径，不仅使人先到达，还可以用省出来的时间进入新的旅行，看更多更美的风景。

※ 有心，你就可能比别人多推开几扇窗。行动，你就有机会比别人先接近成功。

※ 有的人打工只为赚钱，有的人打工一边赚钱一边积累赚钱的经验。

※ 当人们都在一条近道上拼命挤的时候，你选择一条稍远的路，可能就是捷径。

※ 知道什么时候该沉默才是金。

※ 达尔文先生说：人是由类人猿进化来的。类人猿听后开口了：请问第一只类人猿是怎么来的？历史沉默。

※ 战场是敌我双方厮杀的一线，其背后一定有粮草这条保障线。所以从古至今都有"兵马未动，粮草先行"的说法。

※ 努力使你一直往前走，创新你才能走得和别人不一样。

19. 总沉湎于过去的悲痛，就等于折磨今天的自己

※ 今天的太阳再温暖，不可能照耀昨天凋谢的花朵。沉湎于过去的悲痛，等于浪费活生生的今天。

※ "关河冷落，残照当楼。"其实不囿于任何具象的自然景致。之所以有人在那里叹苦淹留，拍遍栏杆，正恁凝愁，是因为个人心境在特定场景里中了情绪的埋伏。

※ 历史对后人来说没有绝对的真实。求证，只能用猜想穿起一些钩沉的碎片，既无法定论，也无法改变。

※ 周边的人都来同情你，比有人歧视你更伤害你的自尊。

※ 熬过去的是苦难，熬出来的才可能是坚强。

※ 无论穷困到什么程度，都要保证一个信念：只要我有下一刻，就一定有转机。

※ 活着就是经历生活的磨难，所以不要拒绝磨难。磨难耗用的时间越长，说明你在人世经历的岁月越长。

※ 遇事想不通，钻牛角尖，其较真的结果是自己把自己推向绝路。

※ 总在炫耀过去的人，今天一定活得不如人。

※ 千万不要以功去抵自己的过。功可以成就你，而过负责埋葬你。

※ 悔恨，是于事无补的一种情绪；无用，还徒耗人的心力。

※ 怀旧或许是因为老了；老了，就特别怀念青春时期那些活力四射的日子。

※ 每天都是新的。这决定了人每天都处于新的变势，所以不要求圆满。

※ 不要沉湎于没有结果的怀旧，因为昨天的风早已忘记它向那些落地归根的树叶做过哪些承诺。

※ 怀恨在心，就等于拿别人曾有过的不是或过错无休止地修理自己。

※ 认清一些嘴脸就是胜利，无须整天去恨。心是给生命提供活力的，不能让它活得咬牙切齿。

20. 沉默可以让思考走向深邃

※ 山的力量在于沉默，海的力量在于深邃。沉默使思考走向深邃，深邃是对思考的沉淀。

※ 沉默不是金，沉默是大度挂在脸上的一种淡定和矜持。

※ 沉默可以是酝酿，也可以是一种置之不理的蔑视。

※ 做一个认真的倾听者，就没有时间去发牢骚。

※ 不去追潮流，才有机会冷静下来思考如何引领潮流。

※ 空白，是一种没有侵略性的色彩，给自己留有谦虚的疆域，也给别人留有可以拓展的空间。

※ 知白守黑是灵心慧识的选择。黑夜生静，静以养寿。故云：石以静延年。

※ 不要总想查明真相，真相毕竟不是真理。很多时候解开了谜底已经于事无补，而所耗的精力真是瞎子点灯白费蜡。

※ 如果你知道我不是真傻，我可以继续装傻。

※ 宁静，不是打坐青灯前，只闻晨钟暮鼓。宁静是历经浮华得顿悟，尘埃落尽了红尘；是将世俗杂念排空后，留下的一种与世无争。

※ 太多的耳朵和你没有亲戚关系，解释只能加重人云亦云。智慧的做法是，在冷却中沉淀，然后用不动声色的行动去澄清。

※ 思考是一种分析、判断、选择的能力，它决定着方式和方法。行动是把思考付诸实践的执行能力，它决定着风投或创造是否迈开步子。思考是谋实，行动是务实。

※ 人真正动脑子想事时，口里，那些不走心的话就少了。

※ 花开是美的，等待花开的过程却需要耐心。

※ 你所讲内容像是报纸文件上刻录下来一般，说明你没有认真学习，因为学习是一种消化后的深刻领会。

※ 每临大事有静气，不仅是气度，还是一种处世方式。静，才能用心观察；静，才能把简单的发泄变成发现；静，才能于不动声色中形成举措，力挽狂澜。

※ 越是众说纷纭、莫衷一是，越要静心思索和分辨。真知灼见往往是从碰撞的火花中发展出来的。

※ 深度思考，决定了一个人思想的深邃，同时也决定了一个人王顾左右的孤独。这叫独上西楼，和者盖寡。

21. 手里没有伞，才敢拿天空做伞

※ 刀鞘不与刀比试锋利，却用自己的钝锁住了刀的锋利。

※ 相对于守旧，任何新事物都是霸道的破坏者。

※ 因为有了最难打败的敌人，才可能出现真正的英雄。

※ 敢在别人都不敢出手时出手，才有可能得手。

※ 手里没有伞的人，才敢拿头顶的天空做伞。

※ 世无定势，因此解决问题的方法也无定式。万事都要审时度势，相机处理。

※ 生存和毁灭是历史艰难前行的两只脚。一只专司负重

前行，一只负责减轻负重。

※ 所谓造化，不是你有了坚硬的盔甲，而是你一意孤行，把盔甲改造成了自己的软肋。

※ 知道青春拗不过年龄，但我的执拗是让自己的思想不老。

※ 搭配，就是将不同质的东西进行组合，让差异学会相得益彰，从而变成一种共同认可的艺术审美。

※ 空，成就了无我而有我的暗物质。暗物质因失我而放大自我之自然能量，因而无挂碍却能量巨大，但对万物生灵无碍。不去侵扰一切，不去占有一切，不去争夺一切，是以己空而生万物。

※ 奇迹之所以被称为奇迹，就因为它总是在普遍认为没有可能出世的地方诞生。

※ 成功就是把走过的失败的路一次次扔在身后，又用苦苦寻求的眼睛去找别人看不见的或者不敢走的路。

※ 思维一定要别开洞天：过了这个村，还有下一个店。鸟不拉屎的地方才可能找到仙草。

※ 勇者敢于出手，智者敢于在该出手的时候出手。

※ 到了顶峰，才是攀登的开始，因为这时已经没有了路。

※ 极限就是等着人去挑战的一种不可能。

※ 不经穷途末路，就难有绝处逢生，人也就很难发现自己所具有的超极限潜能。

※ 把决心下定，去 PK 命中注定，有时会在冥冥之中有一种因果契合。

※ 突破的最根本前提是敢于挑战不可能。

※ 人生要避开危险，但奋斗和成功的人生一定要敢冒风险。

※ 生活赋予每个人的机遇是不平等的，所以不要等。

※ 因为长得不帅，就转而注重内修，这样就有了好男人。

※ 蚕作茧自缚，才能羽化成蝶。人善于自己折腾自己，才能出类拔萃。

※ 过于爱惜羽毛就不敢飞，飞不起来，就成不了鹰。

※ 不灰心，咬着牙走出失败，就是用行为对毅力做出了最具权威的评价。

※ 打败过去的自己，让新的自己站起来，这就是突破。

※ 探索中，能够走得远并有所发现的人，必定是敢于冒险的人。

※ 有无勇气，不在于你敢不敢往上冲，而在于你遇上打败你多次的常胜将军，还敢不敢义无反顾地出手。

※ 去做成功者做过的事，是重复；去做成功者没做过的事，是探索；去做成功者做失败的事才叫突破。

※ 彩蝶双飞很美，蝶变却是一场痛。你想化腐朽为神奇，就要学会对自己残忍，敢于咬破自己给自己织的茧。别人成功的经验，属于过去，你去学，是拾人牙慧。你否定它，是淘汰过时的东西；你突破它，形成自己的经验。这才是走自己的路。可是接下来会有人说你出风头。你要这么想：如果风头都不敢出，风投公司和诺贝尔奖就面临破产了。

※ 不用找了，这世上就没有打开幸福之门的钥匙，就像

你的眼睛永远不能对视上帝的眼睛。但你有一双可以拿钥匙的手，你可以用别的办法去开门。

※ 生死关头识英雄，激怒时刻见匹夫。

※ 阿基米德所要的支点，只能去外星球找，因为他所要借以撬起地球的支点属于外在力。恰如一个举重冠军，再有力气，也不能举起自己。所以地球人要干跨界的事，除了要有胆识，还要有纵横捭阖的空间。

※ 能够突破就不是极限，所以极限只可逼近或挑战。但天花板就是天花板，人可以有人定胜天的勇气，但不要有人定胜天的妄想。

※ 成大事者不是被朋友帮出来的，而是被敌人逼出来的。很多时候是对头帮着你出头。

※ 被缰绳摆布的思想和行为，超越不了马首是瞻。

※ 见风使舵是一种机巧；顶风行船，见一个人的胆识和能量。

※ 人可以打破常规，但不等于可以破坏规则。

※ 人生最大的失败不是遭遇失败，而是从来不敢挑战

失败。

※ 做什么都怕自己犯错误，其实已经在犯错误。

※ 敢去做别人认为不可能做成的事，才可能做成让人和奇迹都吃惊的事。

※ 冒险有时也是成功者的孤注一掷。

※ 等待机会是被动守候，创造机会才是主动的姿态。

※ 做事都想成功，就看你敢不敢以"好"罐子破摔的勇气去冒险。

※ 广场舞的作用不仅仅是健身，它使一些失去了群体的人又找到群体，自觉地做到退而不休。

※ 为了探索而果断拍板是冒险，为了利益而武断拍板叫危险。

※ 敢于挑战规则的人才可能建立新的规则。

※ 生命形态不一样，决定了生存方式不一样：人在地上走，用脚踩出路；鸟在天上飞，翅膀就是路；鱼在河里游，有水就有路。

※ 敢于打破现有思维模式的人，才可能创造新的模式。

※ 前人没有做成的事儿，就不敢去做，那么这辈子就最适合做牛尾——可以悠闲自得。

※ 活是有质量的：有人只考虑怎么活，有人则总在考虑怎么个活法。

※ 没有了稳定收入，也就意味着你的收入由自己做主，不再封顶。

※ 把不可能变成可能，就是突破。

※ 做任何事都要有两手准备；因为人世间的事儿，有成有败。越是开路的人，越要想到另辟蹊径。

※ 破釜沉舟，是一种以死命夺命的博弈。

※ 最众志成城的力量，就是破釜沉舟的以死相拼。

※ 真正优秀的教育不是规定标准答案，变着法考；而是让学生根据自己的思索得出正确的答案，放开胆子去思考。

※ 当你庆幸自己找到了成功的经验和做法时，其实它已

是别人嚼过的馍。

※ 逆袭，不是与众人反向而行，而是在相向同行者临潮退却时，偏偏逆水撑舟。

※ 奇迹就是让你想不到，他居然把根本不可能做到的事做到了。

※ 借力也是一种能力。有时墙太高，非要靠梯子才能上去；不借力，只能仰天长叹。

※ 一般人用木头做梯子，只能上到一定的高度。有些人用思想做梯子，所以上九天揽月。

※ 脚跟着路走，是追踪；让路跟着脚走，是探索。

※ 年龄是岁月强加的，要理直气壮地蔑视它，把自己当成和时间殊死搏斗的智者，只要能喘气，就要和时间平起平坐。

※ 创造力就是要变不可能为可能，把意想不到转换成我替上帝做到。给人以新奇，给人以思维冲击，给人以想象力的变现，给人以化蛹成蝶的演化。

※ 逆行，不是与众人反向而行，而是在相向而行的过程

中，与一些不再坚持选择的背叛者冲波逆折。

※ 科学就是自认为无知的无畏者用怀疑去否定专家和学者的无知。

※ 越来越不明白，究竟是人类借科技创新在改变一切，还是科技在借人类的创新欲望在不动声色地改造着整个人类。

※ 黑洞，是宇宙空间各星系的排污、排废、整形、塑形和淘汰出局的管道。管道的出口，是更大的宇宙，如江河入海。

※ 既得和现成的东西都是前人创造的，新的突破只能靠创新。创新既是对未有的拓展，也是对既有的否定。

※ 科学，是想象力借助创造力实现自身的物化，并实现物化的实用性。

※ 科技是双刃剑，它行走到终极目的地时，不见墓冢；但它很霸气，一定是以人类的毁灭给自己做最昂贵的陪葬。

※ 科学是人对自然的破译能力被智慧放大后，上升为一种可以改变自然的创造能力。

※ 做众人不敢做的事儿，叫胆大；做成众人做不成的

事，才叫突破。

※ 成功设有一堵大门，如果没有突破的勇气去推，门就永远对你关着。

※ 在创造者眼里没有垃圾，有的只是等待转换的物质，属于暂时闲置资产，是可以用多种方式再生的价值资源。

※ 一门心思攒钱的人总富不起来，变着法儿借钱用的却越来越富。原因很简单：一个把钱搁在那里，一个用钱去赚钱。

※ 被抛弃的东西可能是废物，但有本事的人会把它变成再生物。

22. 孤独不是独上西楼不见月

※ 人有诗心或心中有诗，孤独和寂寞就为你决斗去了。

※ 孤独，不是独上西楼、手起处不见栏杆，也不是踽踽独行，只剩大漠孤月轮；孤独是"众里寻他千百度，蓦然回首"，没有一个人在灯火阑珊处。

※ 孤独是有原因的：要么是自己另类，要么是在人群中

找不到同类。

※ 洞见力可以让人在见识上超于常人，但这也在本身铸就了一个人命中曲高和寡的那份孤独。

※ 当你把忧郁带出因为想不开而无法走通的胡同，可怜的孤独就进入了自由区。

※ 虽然你的脚步声很轻，但还是惊扰了我的梦。因为安静习惯于纤尘不染的孤芳自赏，喜欢关门闭户掩柴扉。

※ 孤独并不是只有你一个人在，而是因为你身边少了那个你认为应该在的人。

※ 你根本无法知道我的孤独，因为只有你不在时，我才感觉孤独。

※ 买别墅或买普通商品房都是住，如果爱或者情趣营养失调，房子越大，心越空，连空气都显得寂寞。

※ 如果你在孤独时才想起被冷落的我，那你走吧，我情愿陪伴孤独。

※ 孤独，逼迫人突破寂寞的重围，慢慢地学会自己靠自己。

※ 当你把孤独带出走不通的胡同，即便星星睡去，天不肯亮，寂寞还是解放了。

※ 不要排斥孤独，大多思维性创造都是在孤独状态下完成的。此所谓静以成思。

※ 孤独使人学会和自己战斗，赢来的是思考，输掉的是不虚无。

※ 能够在孤独中独善其身地活着，就是让生命实现对自己的尊重。

※ 孤独如果和百无聊赖混搭，虚度光阴就成为一种在打发中断送的生命交响曲。

※ 若独处时只有无聊和寂寞随侍左右，就说明自身能量还没有被自身作为资源投入使用。自己不能开发自己，就是自我荒废；一个冷落自己的人，当然要享受自造的冷落。

※ 谁也不知我的孤独，我孤独时连影子都不在身边。

※ 孤独不是荒无人烟的大漠就你一个人看长河落日。孤独是芸芸众生堆里到处相逢一笑、握手言欢，却没有一个人正眼看你。

※ 寂寞无主，是一颗不甘落寞的心路遇冷漠，沿途所有的心不接客，关门闭户掩柴扉。寂寞盛产不寂寞和妄自菲薄的自言自语。

※ 累，是因为自己的心没有找到一个适合自己憩息的去处，而且要找的准备作为依靠的肩膀又可怜兮兮，根本无法与你比肩。

※ 网购、美团让快递和外卖取代了购买者的行走。被省略的不是购买者双腿应该走的一段路程，而是这段路程之中人与人本该有的各种交流。都说孤独可怕，但都在可怕地践行孤独。

※ 一条蚕最寂寞最孤独的时候，恰恰是吐丝和化蛹为蛾的时候。

※ 有的人因为孤独而寂寞，有的人因为孤独而形成思考。

※ 孤独是一种境况，有人用它放大抑郁，有人用它激活专注。

※ 许多蠢事儿，都是自以为是的人凭借小聪明做出来的。

※ 很多时候，网络在线率是一个人孤独和寂寞状态的直接写照。

※ 没成家时落单，那叫单身；成家后落单，那就叫孤独。

※ 一个人走，无论踩出多少脚印，也是孤独的痕迹。

23. 自负是自己盲目地抬举自己

※ 强者的衰败大多在没有敌手之后，目空一切其实就是在丧失一切。

※ 不要用自己的渺小去挑战世界的大，一个人的肯定或者否定只是大西洋里扔块石头。

※ 所谓自视过高就是自己太看得起自己，但做出的事总是对不住自己。

※ 过度自我膨胀的人，等于在模仿气球自我消亡的方式。

※ 放下是有条件的，压根儿就没有提起过，你用什么去

放下？

※ 好奇心是初出茅庐的眼睛，什么都新鲜，什么都琢磨。好奇心不是一双手，却想掰开一切，看个究竟。

※ 可以做望子成龙、望女成凤的美梦，也可以按照自己的方式去做一些前期塑造。但要明白，孩子的造化和父母的梦是代际行为，各自活跃于不同时段，而且个人塑造能力远远小于社会改造能力。所以，梦见桃子和去梦里摘桃子是两回事儿。

※ 自信，是相信别人会相信自己。自负，是自己一味地相信自己。

※ 过度的自爱会使人糊涂。比如对接受医治过程中治疗性伤害甘于忍受，但对来自客观的意在促其向好的忠耳之言则怒目拒之。

※ 所谓自满，就是心里装着一个膨胀了的自己，而且一双眼睛只瞧得起自己。

※ 誓言只需从嘴里说出来，而诚恳则要从心里掏出来。

※ 任性，就要准备吃脾气的亏。

※ 成功可以被懦弱打败，也可以被自负打败。

※ 不在黑暗里摸索，就发明不了灯，也不会发现夜明珠。

※ 在你背后猛击一掌的人，可能把你打醒，也可能把你打倒，所以自身承受能力也决定人的命运。

※ 螃蟹认为自己横行但不霸道，怎么走路只是姿势；所以恨那些扣帽子的人。他们将螃蟹做盘中餐时考虑过蟹权吗？

※ 有时多数人所缺的恰恰被少数人所拥有，所以死抱着"三个臭皮匠胜过一个诸葛亮"的思维去处事，就和重数量、轻质量犯了异曲同工的错误。

※ 没有能力改变自己之前，不要夸口改变世界。因为自信越过了边界，就进化为自吹。

※ 当人的名望大于真实的自己时，也就是人最容易把自己弄丢的紧要关头。

※ 不要太自信于绝对有把握，意外或闪失就是为自认为有绝对把握的安排的逃不过的万一。

※ 自我优先，会导致行事风格碎片化和急功近利。近视

眼似的聚焦锁定，会为一己之见而把长远弃如敝屣。相互负责互惠互利的共存、共赢机制被搁置于冷冻期，利益争夺使对抗、对峙越来越没有底线和可控性，结果利益至上把至上利益彻底打入谷底。一个太自我的人，最容易被孤独紧紧地拥抱。

※ 掌声听多了，不仅耳膜起茧，还会导致兴奋指数递减。

※ 让自大做大，自信就会不知不觉地被篡改成自恋。

※ 有金口玉言，就没有了对与不对，也就派生了宰相肚里能撑船——当然船一定是撑进去的。

※ 任性，可以把一朵鲜花折回去，但它会以死抗争，用牺牲的生命拒绝你。

※ 夜郎成名是因为自大，所以自大最容易成为夜郎。

※ 若真的喜欢静，就要找个师傅，学会把心里的门关上。这个师傅须在静中觅。

※ 自大者的最大特长就是圆睁着双眼，却看不到别人的长处。

※ 总与批评者对立，很容易使选择或抉择因错失修正而走偏。

※ 对于自吹自擂者，多数人的心态都是看他吹破了自己以后用什么办法去缝。

※ 赢在威风上，输在威信上，是失道者最容易独享的自我陶醉。

※ 还不具备驾驭能力的时候，千万不要信马山缰。

※ 让一个自以为是的人反省，他会把自己的自以为是诠释为充满自信和坚定的霸气。

※ 听一个人天花乱坠地吹自己，有时只能很无奈地笑笑：这辈子，我除了扶墙就是服你。

※ 口若悬河是能量的释放，过了，就成为卖弄。倾听，是能量的吸纳，过了，讲的人累，你却可以择善而从。

※ 把不顺耳的话当成阻力，就等于拒绝可能生成的动力。

※ 拒绝批评的最大收益就是让它转化成背后议论。

※ 武断到听不进意见时，身边就会出现两种人：说假话的，不说话的。

※ 以为我只要闭眼，天就黑了，这就是典型的自以为是，是一种让人感觉十分可笑的可怜。

24. 优雅和高贵是让漂亮畏惧的一种美

※ 优雅不依赖漂亮，却是一种让漂亮不敢与之持久抗衡的美。

※ 优雅和气质之所以霸道，是因为它自信自己的魅力是一种味道，比漂亮来得持久且有实力。

※ 高贵不是用黄金垒筑自己的台基，高贵是让平视和仰视随性自然，脚下有一道文化的长城。

※ 高贵可以被气质和风度消费。高贵如果长出一双蔑视的眼睛，气度就短了，就会在所有的眼睛里打折。

※ 年轻被调节成一种心态，就和年龄脱节了。年龄可以被岁月涂抹得满目沧桑，但有人会在心里打扮自己，让一种气质或者风度带着自己逆袭，把生命展示得仪态万方。

※ 虽不能阻止白发背叛自己的青春，但可以让童心超期服役。老，也要老得有风度。

※ 如果谁把颜值作为人生的基座，时间很快就能让其听到倒塌声。

※ 让文化长成美和帅的骨头，就有了气质；让文化成为性格和才气的主宰，就有了修养。

※ 高贵不是自我感觉，而是一种来自别人内心的认定。

※ 风度，是经过岁月蹉跎、洗礼和沉淀之后的一种儒雅、淡定和从容。

※ 大凡被关进笼子里的鸟儿，要么外表美丽无比，要么叫声极其悦耳动听。

25. 幽默是把尴尬弄拙成巧的智慧

※ 喜剧长，幽默短，幽默是喜剧里的台词，给剧情添加笑料。你走出剧情，会发现生活中的幽默太少。

※ 要我等你一万年可以，但你要先把长寿的秘方告诉我。

※ 幽默，是让急中生智的借题发挥与人的笑点握手言欢，用不带任何装饰的调侃或讪笑去化解某些不合时宜的尴尬和悲楚。

※ 袖手旁观，最容易把一张嘴培养得喋喋不休。

※ 楼群越来越高，街上有那么多业余模特走猫步，高跟鞋也高。有时，真怕他们一不小心闪了整个城市的小蛮腰。

※ 深夜，睡不着时，就当被上帝关禁闭，借机会反省，扪心自问。

※ 年轻时，是你折腾自己的身体；老了以后，是自己的身体折腾你。

※ 医院除了治病，还能让看病的人突然明白，这个世界上真有比钱更值钱的东西。

※ 输，是赢之前，生活把你当一个皮球往下拍。

※ 人的两只手没长嘴，所以不是用来吃干饭的。

※ 冲着你来的并不一定都是拥抱者，比如一头狮子或一辆宝马车。

※ 凡是提醒人用安全带的地方，就是危险喜欢和人过不去的地方。

※ 多干点活不亏，疲劳是最好的安眠药。

※ 有时赢了，并不是因为你真有本事，而是因为你的对手真没有本事。

※ 当局者迷时，旁观者往往只是清闲而已。

※ 疼痛应该不会说谎，有了麻药以后就搞不清到底谁在欺骗。

※ 玻璃可以让你看到前景，但不代表那里是出路。

※ 有好的想法重要，找到实现它的办法更重要。

※ 有的人靠体力谋生，有的人靠头脑吃饭。就像举重和下围棋，都能夺世界冠军，所以都叫本事。

※ 人之所以看重未得到的东西，是因为得到的东西已进入自己的掌控，是现在的得手；而未来的东西一直在未来招摇，是欲望想象中的饵。

※ 胆识是重大决策的拍板主体，是胆略加智慧实力的产物，不要指望别人借给你。

※ 弓弯到最大的弯度，也就拥有了最大的力度。

※ 月亮画得再圆，不发光，放不到天上，就无法照亮回家的路。

※ 枯，是活着的生命死亡；朽，是死去的生命腐烂。

※ 把错话当成名言，在现实中常有。比如铁公鸡一毛不拔，铁公鸡根本就没毛。再比如鸭子死了嘴巴硬，其实鸭子不死嘴巴也硬。

※ 能把复杂问题简单化，就是不简单。

※ 钻进钱眼里也是一条胡同：你拼命地赚钱，钱也在拼命地消费你。

※ 花不会因为你转身而凋零，人却会因为你的错过而疏离。

※ 画出来的太阳不是真太阳，所以不要指望它发光。

※ 成功者说压力是动力，失败者说压力是摧毁力。

※ 所谓心态失衡大致是这等状态：你津津有味喝着滋补养生的石斛，却让我在旁边锈成一块无人搭理的铁皮。

※ 相反的结果，可以把最好的动机驳斥得体无完肤。

※ 一个不气馁的失败者，可能就是一个潜在的成功者。

※ 强者，就是越有对手时越会精神抖擞，跃跃欲试。

※ 天象可测、人心难测，是因为天象包罗万物，而人心往往只容纳自己。

※ 以前大人吓唬孩子：狼来了！现在很多动物吓唬幼仔：人来了！

※ 雀斑是一种美的特殊符号，也是爱的重点。

※ 被同一块石头绊倒五次的人不会承认自己蠢，他一般会指责石头不懂事儿，让个路的觉悟都没有。

※ 总被生活折磨得气喘吁吁，有时恰恰就说明你还没有气喘吁吁地折腾过生活。

※ 一个人面对批评和颜悦色，要么是他真把批评当成了

镜子，要么是他的耳朵根本听不见。

※ 从表面看蜜蜂是花痴，其实真正让它一往情深的是蜜。

※ 经历积累起来叫阅历，若用来摆谱叫资历。

※ 能在无所作为的等待中得到的东西一定是衰老。

※ 善待别人，就会有一种能量舍生取义，帮你激活缘分。

※ 一张嘴不仅可以伤人，有时涂上口红还可以俘虏人。

※ 成功之后，意味着你又开始面临一事无成的局面。

※ "假如生活欺骗了你"是不准确的设定。生活与任何人没有恩怨，生活中欺骗我们的只会是别人和同样为人的自己。

※ 心里装着太多的自我，恰恰会事与愿违地丢失自己。

※ 我知道你才华横溢。但你并不知道，我早已是才华纵横溢。这种明明把话说过了头，却让你感觉不说过头就不恰如其分的说话方式，就是幽默。

※ 为提速买了汽车，汽车带来了拥挤，就有了路堵。

※ 堵，也能让思维变得幽默：北京，首堵；上海，上哪儿都堵；重庆，重复着堵；武汉，武林高手赶擂台被堵；广州，广泛地堵；南京，难得不堵；青岛，青天大老爷拍案也堵；长沙，长时间地堵；郑州，郑重其事地堵。堵！见证发展的速度。堵！发展中的问题。堵！也呼吁我们通过新的发展去适应发展。

※ 房子之所以不够住，是因为很多人买了房不是用来住的。

※ 最好的秩序和规则，一定诞生在最乱的地方。

26. 懂得开心快乐就领到了通往长寿的路条儿

※ 笑话不仅是轻松的心理按摩，更是让最严肃的力量艺术化，诱使人服从自然的支配，从内心世界流淌出最真实的笑。

※ 追随太阳的人，也会被自己的影子所追随。

※ 开心，就拿到了通向长寿之路的路条，而且攥在自己

手里。

※ 因为喜欢，才有欢喜。所谓发于心，是由心而发。

※ 不要把痛掖着，心结打不开，就把它系成一朵花。

※ 身份提升为爷爷，却自嘲成了孙子的孙子。从自甘在天伦之乐中沉湎这一点看，也叫不计得失的自得其乐。

※ 把孩子养育成人之后，就要学着让自己成为孩子。这是返老还童的唯一秘诀。

※ 好心态其实就是许多人想给自己寻找的福气。

※ 不管岁月怎么虐待，自己的心必须咬住牙，决不能让它长出皱纹。因为脸是给别人看的，心却是替自己做主的。

※ 所谓坚强就是自己给自己做主。有人苦心孤诣要你哭时，你笑。你有了机会可以笑时，却把它攒着，让自己的微笑心比天高。

※ 乐观是长寿者不求医生就能给自己开具的一味得以养元怡寿的灵丹妙药。

※ 乐观的老人这么想：不要嫌我老，我的心热爱返老还

童，你如果感觉还有距离，可以每年多过几次生日。

※ 你若躺在床上，任何成功的路都和你没有关系。

※ 乐观的心态，是一味从医生那里开不到的药。

※ 不要愁眉不展，否则会发现：铁树还没开花，自己已经长出好几根白眉。雪也会走错季节，提前落在不该落的地方.

※ 你生多长时间的气，就会丢失多长时间的愉悦。

※ 学会快乐，就是通过自己的心理设计，把一些枯燥无趣的事做得活泼有趣。

※ 把握心态，管理好情绪，是无需任何花费的一种养生。

※ 你心宽了，快乐、欢喜和愉悦就有了房子，才能长久地住下来。

※ "笑一笑十年少"是顺口溜，笑多了会长鱼尾纹。但我还是要笑。笑，是人内心的一轮太阳，驱除阴暗和病灶。阳光是灿烂的，笑也是灿烂的。

※ 凭劳动赚得盆满钵满、家财万贯是富有；靠学习汲取知识、学富五车也是富有。但这是常人眼界的认定。有一种富有最牛，就是你已经进入老人家的年龄阶段，但和同龄人在一起时，你的所有状态还是壮年。这是生命质量的富有。

※ 微笑不仅是一个灿烂的表情，对于被击中者而言，有感染力的微笑是不花钱的滋补品，属于公益性社会福利。微笑是正能量，微笑释放者的最佳称号应该是太阳神。微笑，其实负责温暖的制造和输出。一个会自爱、又想推广普爱的人，就要动员痛苦和忧郁离开，去自己的圈子以外流浪。

※ 知足常乐是自己给自己开方子，不攀比是方子里必不可少的一味特效药。

※ 健康和学识是跟随你行走一生的财富，别人偷不走，也无法被瓜分。

※ "无龄感"是对老的逆袭。进入"无龄感"状态，不是不承认年龄，而是以老当益壮的心态给年龄挂倒挡，在心理上模糊生理岁数，自己做自己的神。说白了，就是跟着乐观和开朗返老还童，并在年龄方面健忘，做一个不与年龄为伍的人。

※ 老是无法拒绝的，但老气横秋的心态一定要拒之门外。

※ 一个人没有了生活情趣和追求，等死就成为活下去的理由。

※ 快乐不是别人给的，快乐住在自己的好心态里。

※ 青少年时期锻炼，增强能量；中年时期拼搏，释放能量；老年时期保养，守住能量。

※ 进了医院才知道病比穷更可怕。穷只是没有钱，病要不断地花钱。穷只是日子过得苦，病是人把自己活得苦。

※ 活的时间短，死的时间长。说通俗点儿：生时有期，死去无期。所以活着的每一天都要让情绪跟随快乐。

※ 不要怨岁月偏心，人家老得慢，是因为心态一直和喜悦结伴而行，所以无虑、经熬。

※ 用乐观的心态想：脸上的皱纹只是岁月练笔时写下的草书，其实谁也看不到自己的心长出任何皱纹。所以真没必要自找没趣地去和那个"老"字套近乎。

※ 善待生命也是一种经营，要赚取的应该是生存质量和寿命的长度，而赔本的只能是时间。

※ 皱纹是长在脸上的，千万不要让它长在心里。

※ 辛辛苦苦去神那里讨了一把钥匙，究竟要干什么呢？就是为了开心。开心，是神递钥匙时顺便送给你一个保健秘方。

※ 做一个愉悦释放者，就是让自己的快乐具有传染力：与人交往时，尽量省略善于纠缠的负能量；用阳光的心态去开发对方，让其每一个细胞都活跃起来，跟着你所营造的快乐翩翩起舞。

※ 成功或成名的人很多，但真正让灵魂活出品位，并产出趣味的人太少。

※ 你心宽了，快乐、欢喜和愉悦就有了房子，才能长久地住下来。

※ 人生，最省心省力的活法是随波逐流，最潇洒的活法则是随遇而安。

※ 生活是多彩的，颜色是多彩的，连皮肤都是多彩的。所以活在这个世界上的人就该学会让自己风情万种，否则就是对美好的浪费和辜负。

※ 有爱好，有特长，才能让自己活得有趣，也让别人和

你在一起时能分享到一份乐趣。

※ 对于心而言，微笑是打开每扇门的万能钥匙。

※ 不要一谈养老就想到养老院、敬老院。养老，就是要通过保养使自己老有快乐和自在，老有办法延迟衰老。

※ 能不断地微笑，就说明快乐和愉悦一直在恭维你。

※ 笑容是快乐给你的恩赐，别截留，要用于布施。

※ 跟着心走，和那些能让你精神轻松、愉悦、欢快的人在一起就是一种养生。

※ 好性格加真诚笑容，就是一个人此生的好风水。

※ 好心情是无需任何花费的保健品。

※ 世上如果有快乐的地方，一定是因为那里有许多快乐的人。

※ 长寿是每个人的愿望，但能否长寿不取决于自己的愿望。

※ 人可以追求长寿，但寿命长短不完全由人的追求决

定；但追求又是寿命的价值所在。

※ 重复地犯错误才是不可原谅的错误，因为不是没有记性，而是没有脑子。

※ 学会知足，再甩掉攀比，你就开始与快乐为伴了。

※ 不断地删除烦恼，才能给总在寻找自己的快乐腾出空间。

※ 开心的钥匙靠自己去配，而且要拿在自己手里。

※ 那么多人都在开心地笑，你为什么要埋没自己的笑容？

※ 想摆脱烦恼，就要跟随乐观去寻找快乐。

※ 和情趣相投的人在一起，就是一种怡情养性。

※ 越来越老是生命行走的规律，但要学会让心态快乐，去抵抗这种规律。

※ 有情趣的人，懂得如何打扮生活，并让它有效地愉悦自己。

※ 不管岁月怎么折腾，要让年轻的心逼着自己不老。

※ 一个人有了情趣，面无表情的生活就为他打开多扇门，每扇门里都可能走出幸福、开心、快乐。

※ 把健康的情趣上升到爱好，心里就有了第二条生命。从此人生变得丰富，有了额外备份，同样是活着，会感觉比别人多活一辈子甚至两辈子。

※ 微笑着面对生活，就是用快乐和轻松给自己养心。

※ 老了，要有老当"易"壮的心态，把只争朝夕、争强好胜让渡给年轻人，自己做点老当益"乐"的事儿。

※ 活多久，是不由自主的事儿。但让自己活得有滋有味，包括苦中作乐，是完全可以自主的事儿。

27. 教训是用警示打醒过错的一记重拳

※ 青草生长在土地上能拴住成群的牛羊，割下来搓成绳子，只能拴住一头牛。

※ 再好的经验，只可作判断的参数。因为经验产生于过去，而现在和未来相对于经验，已是全新体验，它们是经验

不曾迈入的门槛。

※ 一个人对过去的事都不负责任，你就不要指望他对今天和未来的事儿有担当。

※ 经验形成于过去，但教训一定来自现实。经验可借鉴，教训可鉴戒。

※ 碎片化的互联网信息如果不剪贴使用，人的大脑就可能成为新型垃圾堆放地。

※ 人可以为过错得咎，但不可为错过而后悔。

※ 明明不是块玉，还一身棱角，肯定是被扔掉的命。

※ 人若不肯苦一阵子，就有可能苦一辈子。

※ 错了就要认错，就像走进死胡同的人，必须回头——不回头不仅错，还要加个蠢，因为胡同这家伙不会回头。

※ 生命和时间一样不能朝后倒带，所以过去的就转为文物，经验和教训属于非物质遗产。我们只能向前看，把以后的事做好。

※ 对错有时只是一念之差，却差之毫厘失之千里。

※ 一根筋的人很容易钻牛角尖。钻进去了是无法转弯的，只有一条路：倒回来！也叫回头是岸。

※ 被欺骗之后，你的恨就是一笔学费。

※ 反省人生，真正打败你的对手，恰恰是紧紧跟随你的保守思想。

※ 说挫折是财富，是精神按摩；说挫折是教训，算是讲真话。但许多人喜欢用前面的话为自己圆场。其实挫折就是栽了个跟头，不重，还可以爬起来；重了，就一蹶不振，从此失去再和挫折较劲的机会。

※ 潜藏在水下的礁石都是被不甘寂寞的浪花暴露和出卖的。

※ 犯了错是失误，但失误可以转化为教训，教训是因失败而支付的自损成本。但从鉴戒角度看亦可转化为经验，经验，于处事而言也是一种资本。

※ 不到最后一刻不要下结论，因为精彩、狼狈或惊诧往往都在最后一刻才显现。

※ 只有最好的想法，不做最坏的打算，不光会栽跟头，

要命的是摔倒了就陷入茫然，不知该怎样爬起来。

※ 有些道理在现实中讲不通，并非现实不讲道理，而是现实中真有不讲道理的人。

※ 若用思想的质地去与现实比拼，人才会发现自己很轻，很浅薄。

※ 羡慕别人的生活，放弃自己的追求，轻轻松松就可以把自己打造成弱者。

※ 总用破坏规则的方式去解决问题，必定会遭遇水里按葫芦的尴尬。

※ 减肥的人相信瘦可以饿出来，但得过病的人知道瘦绝不是饿出来的。

※ 有些错过是因为眼力，有些过错是因为错过。

※ 当人工智能成为劳动岗位的侵略者，人就不会再为干活累发愁，而是为没活儿干而焦急。

※ 凡欲掩盖的，一般都是真实的，所以会欲盖弥彰。

※ 现代教育文化好像正遭遇这样一个尴尬：有文化的人

太多太多，但真正有文化修养和教养的人并不多。

※ 没有几次败走麦城的经历，很难成为真正的大英雄。

※ 被欺骗一次，你可以怒斥骗子；被欺骗两次，你只能责怪自己。

※ 背弃诺言，就等于自己做了自己的叛徒。

※ 敌人从哪里对你下手，哪里就是你的要害和软肋。

※ 经验不光是马后炮，还是从失败堆里逃出来的幸存者。

※ 已经做错了，一切辩解都是在反复强调和放大自己的过错。

※ 你之所以看错人，是因为他们看准并捉住了你的弱点。

※ 学会走路，要从摔跤开始。

※ 跌倒很容易，爬起来也很容易，不再跌倒很难。

※ 相反的结果，可以把最好的动机驳斥得体无完肤。

※ 摔倒了不仅仅要爬起来，关键要想想为什么会摔倒。

※ 过错，是获取成功必须缴纳的学费。

※ 若不是一双慧眼有先见之明，错过的结果就是过错。被伤的心知道没有后悔药，但悔过本身就是后悔。

※ 教训是过错支付的代价。

※ 最可悲的失败就是绝不允许自己出现失败。

※ 咬住问题去找原因，就等于在寻找破解问题的路径。

※ 已经过去的，叫既定事实，不可能改变；但可作为借鉴。

※ 连后悔的机会都没有，才是人生能把肠子悔青的后悔。

※ 所担心的都是未发生或未知的，但已发生的现实境况却会把你的内心折腾得七上八下、焦虑不安。

※ 什么事儿让你死过一次，什么事儿就能救你这一生。

※ 以往那些陈芝麻烂谷子的事儿，不管好坏丑恶，记忆都不分对错地替你收藏着。反省或扪心自问时由着自己去梳理，是自己和自己算账。

※ 做错了，会留下教训；错过了，会留下后悔。

※ 别人的经验不是你生活中的通行证，但别人的教训却可以用来做自己的清醒剂。

※ 犯错，就个人而言是栽了跟头。但教训和经验对后人而言，功效是一样的。

28. 贪婪的本事就是让人为身外之物所累

※ 非必要的，即为多余。想把多余的据为己有，就是贪婪。贪婪的最大本事就是让人被身外之物所累，病入膏肓者还会为身外之物而丢失本身。

※ 监狱是永远关押罪恶的地方，却每时每刻都在再造和再塑人格与人性。

※ 美好的东西往往是不能占为己有的。比如花朵，折归己有，就是美的凋零。

※ 天象不难测、人心叵测，是因为天归于万物，而心最易容纳小我。

※ 已经得到的一般是以前感兴趣的东西；继续感兴趣的则是将来准备得到的东西。

※ 小人往往欲念大，大到利己之心吞噬良知。

※ 恶习上了瘾，又戒不掉，其实是让自己成了咬钩的鱼。

※ 能给自己的欲望打上铆钉，就等于给流淌成一条大河的情感安上了刹车。

※ 曾经面临坐车难，现在面临停车难。之前的问题是车内容量挤，现在的问题是社会容量挤。就承载来看，那时是载人，时下是载欲望。人，一个人就是一个人。欲望，可以被人无限放大。

※ 越是不顺的时候，越要相信会有时来运转的时候。有"山重水尽疑无路"，就有"柳暗花明又一村"。

※ 友谊有时是被很小的利益伤害的。

※ 人的欲望有多强，活得就有多累。

※ 都说你一双眼睛好看时，最怕你一颗心今天跟着左眼去选择，明天又跟着右眼去选择。

※ 妥协，就是争执双方在利益争夺最大化后的一种让渡认可。

※ 龟比人活得久，不是因为生下来就不为房子发愁，而是它走得比时间慢，不累！不像人争这争那的，把一条命折腾得气喘吁吁。

※ 不要指望所有人都喜欢你，就像你不可能喜欢每一个人。道理很简单，人人皆过客，谁也不能把别人当自己。

※ 知道自己不可能喜欢身边每一个人，所以就不要指望世上的每一个人都喜欢你。何况芸芸众生里你能认识的永远是少数，而相识并不等于你能真正认识他。

※ 炒股是欲望挟持股本的一次风投，心有多贪，陷阱就有多深。当然你运气好时，阱就是谷，有硅谷、光谷，也可能有你意想不到的金谷；由此身价百倍，那是心所受之苦难和打击的一次修补抑或是弥补。但不能多，因为人心是肉长的，折腾多了心绞痛。

29. 哲学是一切学问的灵魂

※ 哲学，就是用讲道理的思维给不讲道理的现实讲道理。

※ 哲学的最高境界，是让诡辩在口若悬河的阐述中，把自己批驳得理屈词穷。

※ 哲学家是以己之矛攻己之盾，再以己之盾克己之矛的高手。

※ 哲学的功能是使事物的两面性相互认识并相互作用。

※ 宽处容易转弯，窄了难以掉头。

※ 知道了自己的无知，知识也就找到了帮你充实大脑的最好理由和方法。

※ 氧对自然万物的生存而言，是须臾不可或缺的。但氧化过程对生命的杀戮也是丝毫不手软的。

※ 野心如果咬准了未来的七寸，就可以先长出人的胆量，然后造就人的能量。

※ 智商余额不足，如果不肯花时间去补课，交再多费用，也很快就会出现存量短缺。

※ 回光返照和垂死挣扎不仅说法不一，而且意义悬殊。前者是病亡前的状态，而后者是灭亡前的状态。

※ 上帝的最大公平，就是用不公平制造动力，迫使向往公平的人去争取公平。

※ 哲学擅长提纲挈领，是所有学说和学问的魂灵。

※ 物欲横流时，赚钱实惠，哲学会遭遇间歇性贬值。于是，什么人都可以信口哲学。其实哲学不在课堂上，不在等身的著作里，也不在厚厚的镜片背后。哲学是生活的寄生体，离开了生活裁定，哲学就是互不相服的辩手，公说公有理、婆说婆有理。

※ 就宇宙的构成来看，星球是无以量计的超级细胞，活跃在没有骨架和皮肤的空间里。宇宙是无机和无极空间的放射性空间。

※ 有些事看似偶然，其实是还在过程中，尚未显露其必然性。恰如因果关系，是一种先有因后有果的法则。所以先造其因，后品其果，果报自会应时应人。此所谓偶然中之必

然，也可谓必然中之偶然。

※ 对于飞出笼子的鸟儿来说，有了自然比自由重要。自由是一对翅膀的追求，而自然是生命得以生存的需求。

※ 对手越想击败你，越证明你的存在非常重要。

※ 真理未被实践验证之前，也被斥之为谬论。

※ 井水是生命之泉，所以谁也不能进去游泳。

※ 有些失去，是因为太怕失去才导致的。

※ 看对错是收拾残局，审利弊是谋划布局。

※ 单枪匹马的勇士很难斗得过借力搏杀的智者。

※ 山一动不动，却在岁月里走了最长的路。

※ 相对于马蹄，车轮儿给人类带来了高速度。但这也是相对的，飞机只用它做助跑，火箭则弃它如敝屣。

※ 一头象固然强大，但它却无法杀死一只跳蚤。

※ 一头羚羊没有资格和狮子讲理。

※ 精的东西一般是浓缩的，重的东西大多显笨。

※ 蜡梅开了，蜜蜂没来。红梅开了，蜜蜂也没来。花认为蜜蜂错了，蜜蜂认为季节错了，季节认为花错了。

※ 莫说是金子总会发光，如果一直被埋在地下，就是埋没——因为金子不是种子。

※ 都说岁月如歌，但不是谱出来的；都说光阴似箭，却找不到一个射手。

※ 因为夜的黑，灯才有了价值。没有了夜，你到哪里去看星星？

※ 斧头的柄是木头做的。抡斧砍树叫一物降一物，和煮豆燃豆萁没有半分钱的关系。

※ 不要简单地说，眼见为实。如果没有显微镜，很难相信，我们的一只手就是一个充满微生物的世界。

※ 不要相信镜子里的真实，你在镜子里看到的只是自己的正面。

※ 失败对成功者而言是成功之母，对一败涂地者而言则

是彻底终结。

※ 只要不放弃目标，绕道而行本身也是克服困难的一种方式。

※ 百折不挠铸造意志，百挠不折练就韧性。

※ 如果你看一切都是阴暗的，一定是你的眼睛出现了问题。

※ 世界上没有绝对的好人，也没有绝对的坏人；但是你不做好人，就有可能堕落为坏人。

※ 可以这样理解对等原则：我可以一直对你好，但你必须是一个真正的好人。

※ 偏见就是自以为看见了全部，所以固执己见。

※ 我向往的光明不是灯塔，也不是灯。有灯塔的地方一般是险段，有灯的地方四周全是黑暗。

※ 犟人的哲学："我的观点不会拐弯，谁劝说我，谁的观点必须学会转弯。"

※ 教条就是抱着死书本啃活世界。见书本上有"过了这

个村，就没有这个店"的说法，他的眼睛就否定今天出现的加盟店、连锁店。

※ 传统留给我们的应该是可借鉴的经验，而不是捆绑思维的桎梏。

※ 想弄明白有些人为什么总用阴暗的敌视心理和眼光看待生活，最简单的办法就是去观察一下蜜蜂和苍蝇各自的去向。

※ 若以红尘为试金石，这世上没有出世的隐者，只有入世的智者。

※ 舍和得最精辟的诠释：我在舍弃中得到的东西，才是真正的得到。

※ 放弃，是一种逃避；放下，是一种不争。

※ 相信因果关系，就等于废黜了消极的宿命论。

※ 耳朵聋了，并不等于这个世界从此没有了噪音。

※ 世上绝对不变的一个真理：这个世界一直在不停地变。

※ 爱提问题的人才可能有学问，爱琢磨问题的人才可能解决问题。

※ 正因为机会无法平均分配，才有了机会面前人人平等。

※ 有时抵达目标的路途上如果没有弯路，就会走更多的冤枉路。

※ 机会其实有两面性，你抓住了，叫幸运；抓不住，就叫不幸。

※ 这个世界上绝对不变的是，世事在不停地变化，而且不可预料。

※ 敌人和对手有区别：敌人，要在战争中消灭你；对手，是在竞争中胜过你。

※ 人至今都没搞清自己来自哪里、将去哪里，因为前世和来世无法验证，都属于猜想的范畴。

※ 走出阴霾的最有效途径，就是朝没有阴霾的地方走。

※ 喷香水对自己而言是一种消费，对身边的人而言才是一种消受。

※ 人心是一个最大的论辩场所。每个人心里都有自己的哲学。人做每一件事之前，都会有一场内心论辩后的选择。

※ 多即是少，一个店里挂再多的衣物，品牌就那么几个。少即是多，集中人才、精力、资本做精一个产品，市场占有率就会变多。

※ 挑剔的顾客对经营者而言，是不花钱就可以使用的质检员。

※ 聪明和智慧之间的差别在于境界，忘我的聪明就是智慧。

※ 正因为水没有锋芒，所以水能钻进来的地方一定有缝隙。

※ 久坐必有一悟，是出家人的禅觉；久坐必有一病，是患病者的心得。

※ 高低和大小都是辩证的。你可以登上珠穆朗玛峰峰顶，但你绝对攀不上一根针的针尖儿。

※ 在这个世界上，最关心你的人是父母，最关注你的人可能是敌人。

※ 辨事需要见识，做事需要胆识。

※ 疑而生问，问而生明，明而生智。

※ 不知足要辩证地看：若系于个人欲望实现，不知足会膨胀为贪欲；若用之于工作和事业，不知足等于自己给自己不停地上发条。

※ 言语都是从嘴里说出来的，但这不等于失语的人就不会欺骗人。

※ 人生有回头路，要么是已经走错了路，要么是甘于走老路。

※ 能被人妒忌，从另一个角度证明了你的成功是被认可的。

※ 让你爱的人，是借助情感乔装打扮来讨债的；让你恨的人，是用反证法推杯换盏来教育你的。

※ 不要把自然的忍受力，等同于历史的耐心。自然牺牲的是资源，历史消耗的只是时间。

※ 战略离开了战术，大事难成；战术离开了战略，难成

大事。

※ 资本的掠夺性和被掠夺，命运是一体的，成于剩余价值的追求，也役于剩余价值的追求。也就是我们常说的"成也萧何，败也萧何"。

※ 财富归个人支配是消费价值，财富归公众支配是使用价值。

※ 水满自溢、月盈则亏是规律，理应顺之。忌满拒溢，实为守亏；挟盈避缺，等于僵化。

※ 把复杂问题简单化，是化解矛盾；把简单问题复杂化，是制造麻烦。

30. 抱怨就等于自己不停地用牢骚打击自己

※ 抽烟者最大的成就，就是自己点火，一节一节燃烧自己。

※ 就食欲而言，自己的胃口好坏永远比饭菜的味道更重要。

※ 就即将过去的今天而言，没有为时过晚，因为明天永

远是你此生将要开始的第一天。

※ 恨，就是被人咬了一口，就是让仇长出牙，天天在心里咬自己。

※ 整天无休止地抱怨，这个世界给你的宽容，只能是允许你一生都活在自己的抱怨中。

※ 自己在自我的世界里做错了事，千万不要怨怪这个世界对不起你，更别去别人那里查找原因。

※ 处处与别人攀比，其实就是以己之短量人之长，自找没趣地不间断打击自己。

※ 有时天下雹子，你正好戴着草帽；而雨滴向人间普洒甘露时，你恰巧又打了伞。所以少些抱怨，运气这家伙其实没长耳朵，也不会透口风。

※ 有的人之所以总在抱怨现实，恰恰是因为他处世的方式太过现实。

※ 莫抱怨没有自由，其实真正剥夺一个人自由的因素，恰恰是其自身无以自控的欲望、情感和功名心。

※ 牢骚是怨气左右了人的情绪；反反复复发牢骚是毫无

意义的无厘头冲动，是不具任何济世功效的自我能量减持。

※ 有些失望不能怨客观，而是因为你过于放大了自己的期望。

※ 少一些愤懑，多一些奋斗；少一些灰心，多一些信心。

※ 一个人若控制不了自己的情绪。那么作为情感主体的操盘手就会被代表客观的侵扰客体所操控和支配，本质上是意志丧失自我约束能力。

※ 看什么都不顺眼的人，生活必然不顺。

※ 不攀登，只攀比，就等于用别人的成功不断地打击自己。

※ 攀登，使人往高处走；攀比，却让人的心理朝低处矮化。

※ 抱怨，最大的收益是负能量主观增持，其最幽默的戏剧效果是，在行走途中自己反复给自己的车拔气门芯。

※ 收获时应该感恩，你能成功得到，暗处总有一种青睐。失败时要学会反省，抱怨是拔气门芯，是自己给自己雪

上加霜。

※ 不要活在抱怨里，更多的时候，心态决定着你的生活状态。

※ 和不断释放正能量的人在一起，是免费吃补药。若和一身负能量的人在一起，就把自己沦为垃圾倾倒处，是自找无趣地吃泻药。

※ 不要逢人就抱怨自己不幸。其实，世上有不少的人会遭遇不幸，他们不发声，是因为他们明白：整天活在抱怨中，才是无可救药的最大不幸。

※ 不要抱怨自己没鞋穿。要知道，有些人没脚还在顽强地跋涉于生活。

※ 做成任何一件事儿都靠头脑，而不是靠情绪。所以牢骚这东西连口水都不如，口水咽下去，还有养生的价值。

※ 一个人长时间活在怨恨、恼怒和发泄中，本可用来干事的正能量就聚不起来，都被负面情绪搂草打兔子地顺带走了。盘点时才发现，发泄得越痛快，人生其实越不痛快。

※ 人的很多遭遇其实是自己的性格造成的，所以与其抱怨，不如改变自己。

※ 不要总说社会复杂，其实是因为有了人才把社会搞得极其复杂。

※ 如果自己总和自己过不去，一视同仁的生活就会和你过不去。

※ 不可能让人统一要求，但可以引导人形成共同的追求。

※ 碎的是形，不变的是质地。

※ 面对异议经常发火，恼火就会经常上门来找你。

※ 把抱怨生活所耗的那些精力用来改造自己，才有可能改变自己的人生。

※ 生活给每个人定位的角色不同。有的人总埋怨没给自己分派好角色，有的人分派什么角色都做成了名角儿。究其原因，一个总在发泄，一个总在发力。

※ 修，你可以把各种新东西用旧。换，各种新东西可以帮你的脑子除锈。

※ 生气或发火，等于以别人的过错为动能，自己给自己

添加负能量。

※ 不要无休止地抱怨。生活没长耳朵，而长耳朵的人没有谁愿意收听一档倾倒垃圾的节目。

※ 只有情绪没有情怀的人，很容易进化成牢骚大王。

※ 整天把抱怨和牢骚挂在嘴上，等于随处倾倒垃圾，卸载的皆是负能量。从心理需求角度讲，这世上有谁甘愿坐在垃圾堆旁呢。

※ 烦恼和抱怨产生于自己内心，是负能量，要学会自我消化。如果往别人那里倾倒，就是倾倒垃圾；别人的态度肯定是反感，只会将它扫地出门。

※ 做错了，在原地捶胸顿足，其所耗费的力气并不能使人前进半步。

31. 聪明的人不会花精力去教海豚爬树

※ 去纠正一个笨蛋，会被嘲笑。去纠正一个自以为是的聪明人，其实是自己幼稚可笑。

※ 不要和偏执的人去争对错。一个人视力出了问题，无

论看什么都是模糊的。

※ 一个聪明的人绝不会花费精力去教海豚爬树。

※ 不管愿不愿意树敌，这一生我们都在和岁月决斗。残酷的是，最终结果一定是你输它赢。于是智慧者看淡那个抽象的句号，而倾其精力赢每一个过程。

※ 谈及历史价值，一定是对社会或生活有用。无用，则为过时的糟粕或累赘。

※ 做事，不要指望别人都给你伸大拇指。因为多数人都不认识你，而认识你的人也不一定能看到你做事；就算看到你做事，也会觉得人活着就是做事的。

※ 生意就是一种商品交易，是钱和物的关系，硬要和情义往一块儿扯，就容易导致扯皮。

※ 之所以强调非诚勿扰，就是因为生活中无诚来扰的太多。

※ 你和一个傻瓜激烈争论时，知情者关注的绝不是谁有理、谁正确。

※ 丢失了知耻心，就否定了愧疚感。这样的人你指望他

真心知错改错，相当于白日做梦。

※ 有些事儿心里明白就行了，非要挑明，就把不是脸但比脸更虚荣的面子撕破了。结果，一个死要面子的人干脆不要脸了。

※ 和一个惯于损人利己、投机取巧的人谈诚信和仁义，无异于对牛弹琴。

※ 瞎操心或担心，就是现实版的杞人忧天；恰如空悲切，属于多余。因为你不可能知道别人怎么跟着自己的心走。

32. 不要成为孩子头顶的天花板

※ 我们的责任是把儿女养大，不是把他们养老。他们不早一天自食其力，我们就多一天殚精竭虑。

※ 孩子眼里的天在头顶，很高，很蓝。除此之外，他们还有属于自己的今天、明天、后天。如果需要，他们还能让思维别有洞天，把事业干得热火朝天。所以做父母的一定要明白，我们只是养育者，不要自以为是孩子的天，在他们看来那是和伞不同质量的盖子，蔽日遮天。

※ 我们的孩子因为我们来到这个世界，但他们绝不是为

我们而来。

※ 孩子有他们自己的目的，那是我们去不了的地方。所以我们的责任是把他们养大，其他的则由他们自己负责。

※ 老了，钱该用就用，够用即可，不是真到了难处，别向儿女伸手。但他们愿意锦上添花，主动给予的，一定不要拒绝，因为那是孝心。

※ 若我们把孩子培养成了"移动硬盘"，那他就是一个被使用的工具。

※ 因为恨铁不成钢，父亲有时候会打你。打过之后他心疼得恨不得打自己。他突然和蔼，其实是用悔恨的心讨好你。

※ 只有父母彻底放手，孩子才能真正做到自己的事自己出手。

※ 孩子的童年，本该由天真、幸福和快乐做主，但一些父母总把望子成龙的抱负压在孩子身上，结果让抱负成了包袱。

※ 同样是爱孩子，有的父母琢磨着如何放手；有的父母则想把孩子一直捧在手里，但手巴掌就那么大点地方。

※ 兴趣和好奇是互动的，好奇诱发孩子的注意力，兴趣可以垄断一个孩子的注意力，所以称职的老师和父母注意诱导和保护孩子的兴趣。兴趣是让孩子的专注心给他自己当老师，省了苦口婆心，也省了出力不讨好的耳提面命。

※ 呵护中长大的孩子不认识危险，碰撞中长大的孩子会应对危险。

※ 要允许孩子和大人争辩，因为这说明他思想和思考的种子开始发芽了。

※ 父母是孩子的全天候的生活教授和道德品格设计师。

※ 听话的孩子和不听话的孩子都可能出类拔萃，因为听话的孩子可以少走弯路，不听话的孩子可以走自己的路。

※ 孩子的生活习惯是大人生活习惯的翻版。

※ 娇惯，是养成孩子骄横的最简单方式。

※ 恨铁不成钢的人要时常问问：钢铁是怎么没有炼成的？

※ 贪心和好奇心把握得当可以使人上进，若把握不好则使人上当。

※ 有心，就比别人多了一双发现的眼睛。弯腰，才能捡起不该错过的东西。

※ 动心思，心想事成，从字面理解就是在强调心也会思考；若换个说法，话是嘴说出来的，心是话的产出地。其实错了！大脑才是产出地，心负责掂量，嘴只是一杆枪。

※ 命是爹妈给的，但路不要指望他们替你走。命运是未知的，选择就是给自己做主。

※ 有好奇心在一定阶段是因为缺乏见识，但正因为好奇心，人才有机会去不断地拓展自己的见识。

※ 授课一般由老师负责。家长比较适合做孩子的行为导师。

※ 孩子身上的一些坏毛病，往往是父母好心好意培养出来的。

※ 所谓猎奇，就是领略了雍容华贵之后，还想去墓地里见识见识何为骨感。

※ 家长的要求不等于孩子的追求。你今天的设定，和未来的现实对人生存的设定可能是风马牛不相及的事儿。

※ 你要教孩子做好小事。在这个基础上，社会则会以多种方式教你的孩子去做大事。

33. 泪不仅是情感的结晶物

※ 痛可以激活灵感。眼泪是悲伤写出的一行诗。

※ 泪是情感的结晶物。落泪，要么出于爱，要么基于恨。泪不是药物，不能救人性命；泪也不是子弹，不能致人死命。所以泪可流，但不要积郁在心里，也不要积愤在心里。

※ 哭，是给钻进内心的痛开闸泄洪。

※ 动情时，泪是悲喜交加的两条河流。

※ 极度悲伤的时候可以痛哭，这是用自己的泪给心洗一次脸。

※ 流泪可以用来洗去自己内心的痛，但不要指望它感动那些让你流泪的人。

※ 总是让你流泪的人，其实最不值得你为之流泪。

※ 内心有一条情感的大河，落下来的只是两行泪，这就

是情感结晶后的重量。

※ 当人真正感动时，眼泪和痛苦没有关系，它是心崇敬高尚，自觉捐出的一枚钻石。

※ 能让你痴心的人，大多就是会让你伤心的人。

※ 用眼泪写诗是告诉你：人的内心藏有一条情感的河坝，痛苦和欢乐都可能使它决堤。

※ 不管让什么在心里扎了根，拔去时都会痛。所以说，太在乎了，就会伤心。

※ 天冷了可以加被子，心凉了无法穿衣服。

※ 摔个跟头，可以坐在地上哭；等泪全部跌碎后，一定要抬头看看对面的瀑布，它恰恰是借助跌落成就了自己的壮丽。

※ 坚强的人也有眼泪，只是他们认为微笑才是坚强者的盔甲，而眼泪挂在脸上不是勋章。所以他们躲着流泪，以泪洗心。

※ 被苦难折磨的人，眼泪里装着痛，无比沉重。落泪是把苦难倾倒出来，从此与之告别，而不是把泪滴放大，在眼

前砸出一个深坑，让自己沉沦于更深的苦海。泪落下来就把它彻底碎掉，不给它任何借尸还魂的机会。

※ 在强者眼里，流泪是一种浪费，所以干脆就把它兑换成了汗水。

※ 有泪自己擦去是坚强，等别人替你擦去就落得个可怜。

※ 说枕头要常晒，是因为里面装满了辛酸的泪和发霉的梦。

※ 哭，是用自己的眼泪洗去悲痛；笑，是让自己的自信蔑视苦难。

※ 有时陪着遭难的人落泪，也是在伤口上撒盐。

※ 有同情心，就是设身处地地理解别人遭遇的苦难，把自己的心淹在别人的眼泪里。

※ 悲观主义者的悲哀在于，两只眼睛都被泪水泡着；虽然心里有一面海，却躲在没有阳光的地方熬盐。

34. 爱就是小心翼翼捧着一颗付出的心

※ 若论真实，说"我娶你回来就是为了爱你"，比张口就说"我会爱你一万年"要显得真实。因为后者说的时候想都没想，将来变卦也好找理由："我活不了一万年。"

※ 日久生情，是在慢慢看顺眼的状态下，时间又给了双方一些可贵的新发现。

※ 暗恋，是痴情的主观性沉湎，是单边痴迷于意中人，不求对方解意，先顾自把个人折腾得神魂颠倒。

※ 分手多时了，你还走不出来，那是因为你没走出去，该进来的人还在路上。

※ 因为长得丑，我常常想：世上就我们两个人多好，没有了对比，你就不会嫌弃我。可悲的是，想是主观愿望，丑是客观存在。

※ 穿鞋好不好看多由他人评价，合不合脚则由自己去感受。婚姻与此异曲同工。有意思的是，起先都求好看，到后来才抱怨不合脚。

※ 使两个人走到一起的是爱情，使两个人长久走下去的是亲情。

※ 咬牙切齿恨一个人，说明你一定刻骨铭心地爱过。

※ 看着身边出现越来越多的闪婚、闪离者，感觉相濡以沫、白头偕老越来越接近于童话的美。想起在朋友圈里看过的一段话：和自己爱的人在一起走，要选冬天，要朝有雪的地方走；挨紧了才能取暖，走着走着头就白了！很美，但也很悲催！

※ 白头偕老法则：以相濡以沫的恩爱，过酸甜苦辣的日子。

※ 说距离产生美，那是诗人的忽悠。其实距离是审美考验，要么产生思念，要么产生淡忘。

※ 你爱我时，这些缺点就跟着我，但你爱得死去活来。现在突然不能容忍了，看来我没有变，你变了。过后想，我也变了，由一朵鲜花，变成了明日黄花。

※ 得到爱情那一刻，人是幸福的。但呵护爱情，则艰难，要小心翼翼捧着一颗付出的心。

※ 你爱的人，如果总说忙，抽不出空，那就要琢磨一

下，你付出的爱是不是进入了填空状态。备胎被需求，是闲置寄生于命悬一线的等待。

※ 什么都爱的人，其实不懂得爱，因为珍惜被泛爱稀释了。

※ 所谓"珍惜"，就是不让一见倾心的相遇错过，因为时间顾自朝前走。多数时候，当你蓦然回首，那人已不在灯火阑珊处。以至于影子都老死了，月光下四顾，凄凄惨惨戚戚。

※ 没有一丝温度的影子，焐不暖一个在寒季等冷了心的拥抱。

※ 有的人一生都在追求爱，到头来却抱怨爱不青睐自己。究其原因，是他从没付出过爱。

※ 缘分，就是在一个不曾约定的时点，两个没有血缘关系的陌生人鬼使神差地把自己交给了对方，两颗心从此打成一个结。

※ 越是热烈的拥抱越是爱的咒语。短暂的相逢，其实是为长久离别透支一个聊以自慰的假象。

※ 终成眷属，关键是找到一个日后肯为你点头说对的

人，而不是因为父辈都说你不小了，就被年龄押着去完成一个牵手成婚的任务。

※ 假如相知是缘分，那一定是因为相信。因为心没有距离，就没有了天涯，就不会叹：何当共剪西窗烛……

※ 如果把心托付给明月，照向哪里就是它自己的事。

※ 你若天天立于水岸，看海上生明月，它就不会一轮孤月照沟渠。

※ 真正弄明白了有的人为什么能走进你心里，也就找到了走进别人心里的路径。

※ 爱上一个人，要看重其现在如何，而不要一味追问其逝去的过往。因为现在才是日子的基础，以后一起要走的路属于明天。

※ 相识递进为有缘，是因为相信。心消除了距离，就没有了天涯。

※ 和喜欢的人在一起才会有喜欢。

※ 痴情，就是被情牵了鼻子，一个大活人居然因一个陌生人闯进心里，就把自己彻底丢了。

※ 表白只是把心里想说的话说出来。表白企望对方心有灵犀；表白最怕对方心如止水。

※ 遇见谁是偶然，但爱上谁是自己的心使然。

※ 双方能够以谈恋爱时的心态对待婚姻，爱情就不会进入坟墓。

※ 在婚姻生活中能够非常艺术地以柔克刚的女人是修到至上大乘的人，她们是把温柔化为杀手锏的高手。

※ 爱到什么程度，用最简单的方式测定，就看其能否让付出和得到都成为一种志愿者行为。

※ 真正爱你的人，是用心去呵护你的美，而不是用欲望去消费你的美。

※ 错过了你爱的人是一种惋惜，而错过了一个爱你你却不知、若有知一定会深爱的人则是痛惜。所以有些错过真就是无以弥补的过错。

※ 向一个女子求爱是庄重的，这意味着你将用一生去表达。

※ 真爱，就是彼此把对方当成须臾不可或缺的空气。

※ 不喜欢，是直接的主观反映；不适合，是清醒的主观判定。

※ 你爱上了一个人，别人都感觉莫名其妙。那么你们两人当中，一定有一个人，感觉到自己的爱妙不可言！

※ 很幼稚地想过，这个世界上只有我们两个人时最好。这意味着喜欢挑剔的你，再也无法挑剔了。

※ 至今单身，就取舍而言，要么是自己不优秀，要么是对方不优秀。但细想想自己选择的标准，就应该对自己有个基本的自我评估了。

※ 爱情的忠诚度，不要用什么方式去测试。就像一件瓷器的坚韧度，不要试图用它本身去测试，除非你想让它马上破碎。

※ 就恋爱看，外貌的作用力快捷，往往一见钟情；而内涵的作用力迟钝，一般是日久生情。

※ 所谓痴心，就是愿意为你舍弃一切，唯独不舍弃你。

※ 苦等一个不爱你的人，其实是自虐。就像一个石像，

捧着鲜花，在火车站等一艘轮船。

※ 爱是存放在心里的，所以一定要用心去对你所爱的人。

※ 心若契合，距离再远也产生美；心若相悖，同床异梦就是写真的梦。

※ 择偶时，如果感觉所遇的人都不合条件，就要检点一下自己所列的条件是否苛刻。否则，岁月会跳出来做裁判，你将没有资格再谈条件了。

※ 如果说相濡以沫的人给了你亲情，那么相忘于江湖的人留给你的是不了情。

※ 婚后，生活能否和睦，关键在于双方能否以宽容的心态去相互磨合。磨合就是宽容陪着宽容打太极。

※ 下辈子若嫁你，先把自己变成手机，让你捧在手里，一旦离开就牵肠挂肚。

※ 作为一种遇见，爱情，没有什么错过和对错。有的，只是适合或者不适合。

※ 仅从爱情的角度看，知了是够专一的，它只为夏天活

着；残酷的是，它殚精竭虑地表白，夏天非但不领情，还说：幸亏我没有耳朵。

※ 和睦婚姻，是双方在共同生活中各自磨去自身与对方不匹配的部分，然后才有合二为一的契合。

※ 让彼此刻骨铭心却有缘无分的爱情，其实已经拥有了最浪漫的花期。接下来，无论相濡以沫，还是相忘于江湖，都是一段情愫结下的果。

※ 心若未变，人走再远，都有亲情牵系。心若变了，鸡犬之声相闻，却已是陌生人。

※ 准确地说，家不是爱巢，而是用爱筑起来的巢。

※ 有理由的爱，都不是真爱。真爱否决一切附加条件，离理智远，离痴迷近，是一种蛮不讲理的情感选定。

※ 当你感觉美好应该一直持续，而时间不肯成人之美时，你一定是和心爱的人在一起虚度时光。

※ 心有灵犀时，一个微笑就是握手。

※ 情感和缘分尚未水到渠成，年龄绝不是必须结婚的理由。

※ 有因由而分别时，千万不要忽视对方传来的每一个电话和信息，这是一种牵系，是一颗心藐视距离，和另一颗心隔空拥抱。

※ 真正的爱不是天天守在一起，而是一直把对方搁在心里。

※ 感情这家伙总和理智作对，但受伤的绝对不是理智。

※ 我嫁给你并不等于你没有缺点，所以你娶我也不能只娶我的优点。

※ 过度沉湎于美好的爱情故事，爱情恰恰会因此出现意想不到的事故。

※ 用比较形象的方式诠释痴情，其内心表白应该是这样的：知道你已经嫁了，可我还是会在梦里娶你。心不关门，给你留一间厢房，等你的手指回心转意，在一个黄粱梦醒的时刻前来敲门。

※ 温柔，是情感世界里的太极。

※ 寻找伴侣的难点在于：找一个年龄相当的人容易，但要找一个灵魂陶冶和学养修炼与自己旗鼓相当者，真不容易。

※ 美满的婚姻不是两口子不拌嘴，而是拌了嘴之后，由根深蒂固的亲情做主，能不计前嫌地拌一辈子嘴。

※ 地球之所以是圆的，就是为了让有缘人在某一个点相遇。

※ 婚姻用爱盟誓的结果是，责任缔约，生命连锁。

※ 爱一个人爱到不计后果，是为真爱。待冲动期一过，幡然醒悟，才发现可能是一次糊涂的爱。

※ 撒娇不是件兵器，却是女人常用的杀手锏。

※ 将"携子之手，与子偕老"作为一种境界追求，既是彼此默契，也是历尽劫波后的相守莫弃。

※ 邂逅，是没有约会的相遇，是没有任何企图的两颗心握手言欢。

※ 爱情和亲情除了真情，还有一个共通点，就是惦记。

※ 结婚是因为爱，离婚也是因为爱。区别在于前者是发现了爱，后者则是发现爱已经被活活累死。

※ 真爱是不讲道理的，不会屈从于理智，否则至死不渝的说法就无法成立。

※ 爱是崇高的情感，无价，可以付出，但不能用于施舍。

※ 婚姻并不是爱情的坟墓，谁见过墓碑上刻了"婚姻"两个字？婚姻是恋爱发展到一定阶段的自觉转型，双方开始用责任把爱情改造成亲情。

※ 爱可以使双方形成情感上的相互依赖，但千万不能让爱去依赖对方的钱包。

※ 恋爱时最容易出现的误判就是认为自己找到了完美的另一半。结婚后才明白，婚姻是正式组合，但不是完美组合。组合后的合作就是彼此学会适应和改变彼此的不完美。

※ 女人可以用心去爱一个男人，但不要用精力去管束一个男人。否则会培养出一个"明修栈道，暗度陈仓"的叛逆者，同时也把自己塑造成一个枉费心机的可怜的捍卫者。

※ 女方不和你谈恋爱了，还能把你当朋友，说明你还有剩余价值。

※ 男子迷上一个女子，或肯为其花费时间，或肯为其花

费金钱。前者大多是因为有共同的情趣和爱好，后者有可能是投其所好。

※ 爱一个人只需要情感，爱天下人则需要有情怀。

※ 把婚前婚后都做一番精细打算后，才决定去爱或不爱一个人，就本质看，虽无交易行为，但爱已被唯利是图的价值观所玷污。所以婚姻不成是失败，婚姻得成也是失败。

※ 一个女子肯用眼睛和你说话的时候，你才算进入了她的心里。

※ 恋爱之所以甜蜜，是因为见得少，可以藏住自己的尾巴。婚后就不同了，朝夕相处，尾巴迟早要露出来的。

※ 从前说永远爱，是因为初见，永远两个字儿是未来时。经历了才知道，说，很容易；做，真不容易！

※ 一条活路，让爱的人先走，自己断后，是把痴情凝练成钻石后的一种以身相许。

※ 就因为爱情不可能永恒，它才成了永恒的主题。

※ 恋爱是因为碰到了爱情，结婚是为了完成恋爱交付的任务。完成任务是一个艰苦卓绝的过程。

※ 当人为自己的付出而计较时，对付计较的一种计较就产生了。比如：我都为你结婚了，你还不好好待我……

※ 对爱情而言，最冷酷的杀手是时间。

※ 爱，就是让我的心成为你的房子。

※ 爱是你的权利，也是别人的权利；你看重选择权，就该尊重别人的选择权。死缠烂打的做法，只会使彼此遍体鳞伤。

※ 恩爱不是牵着手满世界作秀，而是遇到了坡坎处会不由自主地去牵对方的手。

※ 最纯粹的爱是把对方揣在心里。心有多重要，她就有多重要。

※ 之所以用天长地久来祝福婚姻，就是因为爱情这东西易逝、易碎、易变。

※ 婚姻是对爱情的践诺，所以要为责任去学会忍让。这样爱情才能慢慢进化成亲情。

※ 爱就是一颗心背上付出的使命，无私，不求回报；在

倾注中回收欢喜。爱孩子时就是这种心境。

※ 爱是不讲道理的，所以不爱也是不讲道理的。

※ 和自己心仪的人在一起时，你会发现时间也有妒
忌心。

※ 把喜欢转换成无私无欲的情感倾注，就是爱。

※ 爱情的台词是"我爱你"。婚姻的台词是"咱们要爱
这个家"。

※ 爱能使两个陌生的人走在一起，也能使两个走在一起
的人不断产生碰撞。合二为一是因为爱，一分为二也是因
为爱。

※ 婚姻的本质是两个相爱的人开始对家庭负责。有了孩
子之后，两个人又成为一个共同对未来负责的责任主体。

※ 所谓永恒的爱是失去了爱的人后，用痴心给自己编织
的一个刻骨铭心的安慰。

※ 有时就因为太爱一个人，恰恰会弄巧成拙，失去这
个人。

※ 此生爱上一个人不容易，但用此生去爱一个人更不容易。

※ 清醒似乎是这样：不要求你永远爱我，只希望你永远不后悔爱过我。

※ 失恋，是原本两相情愿的一方取消合同；一厢情愿可以反省，但不要纠结，爱过一段是缘，前世修的，无所谓吃亏占便宜。一次失败其实给了你一次重新书写的机会，失去的是不合适。

※ 爱可以是单方的情感主动，恋爱则是双方的情感互动。恋爱是月老给你一段时间去和自己爱的人磨合，爱则要双方用一生的情感去磨合。

※ 爱，就是心把你送给一个走进你心里的人。你的心会突然变小，不要其他东西，只容得下这个人，体内的细胞由此充满活性，像吞服了大剂量的兴奋剂，并感觉自己得天独厚，一下拥有了整个世界。

※ 爱，最初时，是眼睛用直觉介绍给你的一种喜欢，让你学会追。爱，廉价时，就是你想要的一口蜜，花点钱或耗些精力就能到手的东西。爱，沉淀后，是落魄风雨时，人都躲了，剩下的那个曾被你忽视的人，怀一颗傻傻的心伸出手，替你撑着一把伞；你的命由此涅槃，相濡以沫地走下去。

※ 爱一个人，不是把他变成你想要的样子，而是你就迷恋这个人现在的样子。

※ 喜欢一个人，恰如喜欢一部作品或一个物件，不在于归为己有，而在于你用心去阅读和欣赏它。

※ 爱不能痴，否则如同在木板上钉钉子：钉进去有多深，拔出来就有多痛。

※ 爱亦真，但不宜痴。痴是牵系心放大，容易导致一颗心对另一颗心的捆绑，结果在束缚和挣扎中，把日子过得很累。

※ 喜欢的人一旦被打造成新欢，就已经谱写出了落为旧爱的序曲。

※ 爱和恨都可能成为刺进心里的刀，让人悲楚的是，有些恨居然是由爱转化而来的。

※ 分手是一种不合适就此打住，双方无论是解脱或被解脱，都得以喘口气儿的选择。

※ 把爱给一个我最爱的人，再把自己嫁给一个最爱我的人：这就是实用主义者的爱情观。

※ 伤心，一般是因为你付出了真心。

※ 坠入爱河的那一刻是幸福的。但在婚姻的长河里游泳会很累，若水性不好，呛水是少不了的，危机也会在身边潜伏。

※ 获得爱的秘诀，就是让自己的心成为留得住人的房子，再用纯真、淳朴和善良塑造出自己的可爱。

※ 爱，就是我不是你，却把你看得比我重，时时处处为你着想。

※ 恋爱时，都认为爱情是一首诗；进入婚姻，才知道爱情是一部五味杂陈的纪实小说。

※ 结婚，是因为喜欢对方；离婚，是因为喜欢的对方已经变成了对手。

※ 婚姻，就是爱一个人爱到非要自认一份责任状，还甘心情愿用亲情把自己和对方捆绑在一起。

※ 若你在脆弱时需要得到一个可依靠的肩膀，那么就应该努力把自己修炼成一个可供依靠的肩膀。但一定要想清楚，被依靠是信任，却很辛苦。

※ 有时你越是傻傻的，就越是有人傻傻地爱着你。

※ 心中有爱，可以共同创造美好生活。心中存恨，则把彼此搞得你死我活。

※ 成家就是过日子，是两个人在一起为生活打拼，而不是打擂。

※ 刻骨铭心的爱一般在小说里，生活中少见，因为生活不是作家编写出来的。

※ 让爱擦肩而过，也是对美好的浪费。

※ 不要指望容貌来确保婚姻的终极安全，青春必然折旧；要尝试用气质和修养给自己投保。

※ 不爱自己，也算忘本。只爱自己，会丢失做人的根本。

※ 人活着，都想遇见美好，那么就要用活力去创造美好。

※ 幸福，是自己在自己内心推进阳光工程。

※ 有些笑是因为消灭了痛苦，有些笑是不想让人看见缠绕自己的痛苦。笑，是太阳的光，照向别人。

※ 确实会有迟来的爱，但迟到了，按规则就取消了资格。再次进行资格认证，是要加盖品格这枚章子的；很重！所以要慎重。

※ 爱心和追求在一个人的生命中寿终正寝后，时间就会对他终止幸福和快乐这两种福利的提供。

※ 糖甜，是因为它是从甘蔗的骨头里榨出来的。我们不可能都去做献身的甘蔗，但起码要知道制糖的劳碌和甘蔗落泪时的痛。

※ 生活中有许多谜，却藏了谜底，逼着人去动脑子。解不开叫执迷不悟；一旦解开，叫恍然大悟。

※ 无论男人、女人都应该学会做饭，不是为了伺候谁，而是一种可以调节生活的情趣。当你爱一个人时，可以用它实现一种表达；当你突然落单时，你能每餐都津津有味地招待好自己。

※ 老师拿在手上的粉笔，其实是一把刻刀，把知识一点一点刻进我们脑海。老师在黑板上磨短的也不是粉笔，而是他的青春和整个生命。

※ 于生存而言，须臾不可或缺的空气弥足珍贵。若以价值论，当是世上最昂贵的东西；若收费会发生什么情况？但空气免费供给。由此应该明白，贡献和付出的重要性。

※ 花朵不光是让你看了开心的，它有根，你还要学会浇水施肥。

※ 真正忠心耿耿陪人一辈子的是时间、阳光和空气，最后人还会弃它们而去。

※ 无论我们多爱这个世界，都不能因自愿而长久地与之厮守，所以应该在活着的时候好好去待它。

※ 若想做一个可爱的人，就要有爱心。

35. 缘分是两颗心没有任何安排的相遇

※ 缘分，是让两种陌生的各为主体的愿力束手就擒的特种磁力。

※ 缘分之合，不是婚姻，而是爱找到了知己。

※ 缘分是前世今生的相逢，不留心可能会错过，太用心

时又十分难过。

※ 缘分，不是两个人遇见。缘分是两个遇见的人都在想：不能错过这次遇见。

※ 巧遇，就是没有任何导演、彩排而出现的一种奇迹，让人惊叹和惊奇。因为地球这么大，人这么多，巧遇居然让两个陌生人因几句对话就不约而同地找到了未认识前的一些交界之事；瞬间，陌生就忘记了距离。

※ 所谓缘分，就是不管有无缘由，不管有多少岔口，都会自然而然发生一种千丝万缕的联系，然后由纠结慢慢长成结节。

※ 缘分就是前世两人合著的一本书，今生都在寻找，同时去翻看时，目光会为一种相遇而潸然泪下。

※ 遇见，不是两个人简单相遇的彼此点头。遇见，是两个从不露面的心怦然一动，不伸手却牢牢握在一起。

※ 遇见了，如果是对的人，眼神儿会拴住你，心会自觉地为你敞开。这就是缘分。

※ 此生能够相遇不是缘，而是注定。缘，是相遇后共同修下的相知相许，是两心无线自相牵。

※ 人间真正的相遇，不是久别重逢，而是从未遇见的陌生人，遇见了，却如久别重逢。

※ 珍惜有缘的相遇，善待忘我的自己。

※ 真正有缘的巧遇不是简单地碰见，而是在沙漠的长途跋涉中没了水，突然遇到一位挖泉取水的人。

36. 距离不是艺术，不可能产生美

※ 说距离产生美，其实是说距离减少了彼此间常有的摩擦和碰撞。

※ 距离是没有墙体的隔断。隔断久了，忘记就演化成陌生的距离。

※ 距离不是手术刀，不可能产生美。距离只是在彼此间留出了一个缓冲地带。

※ 说距离产生美，是强调守恒定律。太在乎一个人，就想时刻黏在一起，用珍惜去掌控他。面对不知收敛的掌控欲。对方一旦反抗，就会出现破坏性的失衡震颤。

※ 你可以爱雪莲，但不要指望它时时在眼前开放。因为你活在江南，家里没有雪山。

※ 花不会因为你转身而凋零，人却会因为你的错过而疏离。花不会因为你的转身而凋零，人却会因为你的疏离而错过。

※ 脾气这东西，不要让它和随心所欲走得太近。无论何人，一旦成了爱发火的易燃物，在别人眼里就是危险品，从而留出安全距离。这种距离会阻碍交流。

37. 幸福是一扇门，不要指望别人为你推开

※ 若问福分从哪里来，应该是从自己的好心眼里来。

※ 幸福不是一种物品，所以花多少钱也买不来。

※ 有时幸福和你擦肩而过，是为了让你更长久地追求它。

※ 本能地吃奶，本能地求活，人在什么都不认识的时候却认得母亲。母亲为养大孩子，让自己老了。所以这一生很多东西可以不认，但不能不认母亲。

※ 很多时候，幸福就在母亲的愁苦中开花结果。

※ 再名贵的雨伞也不如自家的屋檐。

※ 不会教孩子的，只盯他的缺点；会教孩子的，注意发现他的优点。其实，为其鼓一次掌的作用有时远远大于打他三巴掌。

※ 孩提时候，有父母宠爱你。长大了，就要学会自己宠爱自己。因为所有人都是和你一起生活的人，只有父母是生养你的人。

※ 父母亲的选择决定了这个世界有没有你。你若来了，选择就是生存交给你的终生课题。

※ 不能把啃老作为生存方式，父母的义务只是把你养大。你有一双手，伸出手看看，生命线、事业线、爱情线，都在你自己手里攥着。

※ 能看见石头开花；或者经历了万重苦难，一把抱住了自己寻找的激动：这就是幸福。

※ 幸福有一扇门，不要指望上帝帮你推开，他已经给过你一双手。

※ 成功有敲门的砖，懒汉要想想为什么抓不到手里。

※ 幸福是变质最快的一种满足，似乎把人送到巅峰之上就是为了看一场跌落。如花开到娇艳处，突然而至的落红。所以找到幸福的人不要奢望沉湎。

※ 人生就是跟着命跋涉。磨难是要走的路，幸福是路上会遇到的几个景点。所以磨难长，幸福短。

※ 幸福，就是满足感敲门，愉悦不讲条件地住进你心里。

※ 人到了一无所有的时候，得到幸福是最容易的，因为最低需求最容易达到最高的满足。

※ 当人对幸福的要求客观、简单时，幸福也就不会把给予机制设计得那么复杂了。

※ 找到幸福和美好应该是有程序的。咬定目标，不怕重复地吃苦，肯为一次次落空的努力去拼，等把汗水、期冀、荣耀等一些唾手可得的东西反复摔碎以后，才有可能看到幸福和美好的出现。

※ 一个人追求幸福迈出的步幅有多大，痛苦和磨难相随着迈出的步幅就有多大。

※ 一个人的幸福指数高，不在于占有得多，用不完；而在于贪欲少，没有累赘。

※ 幸福不是具体的物！幸福不管何时以什么方式到来，你所能领到的就是一份好心情；然后它连"拜拜"也不说，就走了。

※ 一个人的乐观指数就是他的幸福指数。

※ 幸福不等于成功，人活在幸福的环境中，往往很难再有舍命的拼搏。

※ 我们总在盼望幸福，其实幸福就是获得一种盼望。

※ 每个人都是不一样的，所以没有统一分配的快乐和幸福。

※ 幸福之门应该有钥匙，但它不在别人手里。

※ 如果不苛求，其实一个人的宽容度，就直接决定着一个人的幸福程度。

※ 宽容度，不仅可以置顶一个人的高度，也在一定程度上决定着人的幸福指数。因为总和别人过不去，其实就是和

自己过不去。

※ 很多人是在有了钱以后才发现，幸福是钱买不来的。

※ 人所追求的幸福感，是在消化了各种困苦之后，才可能品尝的一种滋味。

38. 幸运知道努力者落下的汗水有多重

※ 成功者说："别以为我幸运，幸运这家伙虚无缥缈，没有情感，它不和任何人照面，不照顾任何人。我的幸运是用努力换来的。"

※ 想改变命运，就要有行动。自己不动起来，别人把机会白送你都是负担。

※ 说为时过晚，要么是推脱，要么是借口。其实，任何事你决定去做就是开始；相对于不行动的人，你还是早行者。

※ 再好的承诺由人家做主，而每一个具体的幸福、快乐和痛苦，一定是自己品尝 。所以要打碎依赖，强大自己；因为无论赴天堂或去地狱，跟随你的只有忠心耿耿的自己。

※ 摔跟头要趁早。年轻时机体修复能力强，只要爬起

来，后面还有机会。

※ 总是找理由原谅自己的人会发现：自己越是对自己睁只眼闭只眼，周边的人就越发火眼金睛，总是和自己过不去。

※ 找借口是有实用功效的，它给人的最大收益就是自身能力被不断地打折。

※ 用随遇而安的心态去面对遭际，用不甘雌伏的意志去应对坎坷。

※ 一个人能否成功，首先取决于他能否打败自己的懦弱和懒惰。

※ 善于用业余时间来装备自己的人，不仅赢得了时间，他们还有资格说出这句话：艺不压身。

※ 遇到问题就绕开，或踢给别人，就等于自己放弃了一次跨栏的机会。

※ 苦，是用来打包幸福的一种滋味。

※ 遇事找借口，用作搪塞责任的盾牌，这样的人其实是在搪塞自己的未来，其收获也来得直接——不被信任。

※ 人生的悲剧不是遭遇失败，而是一直走不出失败。

※ 你自己不坚强，别人不会替你战胜懦弱。

※ 努力是智商以外的一种力道，它所产生的作用只是告诉我们勤能补拙。

※ 人不可能让时光倒转，但有责任心的人不会让时光空转。

※ 与人攀比，等于借他人之力打击自己。智者不攀比，而把气力用在攀登上。

※ 无论怎么努力，人也长不出翅膀——有些东西就是先天的禀赋。但人可以选择创造，用自己的方式飞起来，而且飞得比鸟更高，这就叫后天的努力。

※ 遗憾就是一件事应该做却没有去做所留下的一种悔。你不可能挽救遗憾，遗憾也无法挽救你，即使弥补也是时过境迁的救赎。所以要以此为鉴，在优柔寡断处，多给自己一份勇敢，它能替你粉碎新的遗憾。

※ 有意志的人立志，用奋斗去兑现；无意志的人立了志，等运气帮自己实现。

※ 看得再远，不肯跋涉，你只是一架被人摆弄的望远镜。

※ 真正有梦想的人，相信汗水和付出，不相信梦。

※ 有的人相信运气，有的人相信自己的努力就是自己的运气。碰运气，一生可能会有几次。把努力作为运气，运气天天都跟着自己。

※ 坚持不懈就是毅力，而毅力是决胜关头的牙关。

※ 激情，是激发人生动力的油门。

※ 无须奔走，只要持之以恒地坚持，就能将不肯坚持的人远远甩在身后！

※ 成功，就是通过努力把自己的选择变成想要的结果。

※ 丢掉了锲而不舍的精神，就等于主动放弃了和成功拥抱的机会。

※ 成功不会凭空而来，要么以智慧作范模，要么以汗水去勾兑。总之，是既要勤于动手又要勤于动脑的活儿。

※ 成功有途径，就是狠下心给自己的奋斗目标当牛

做马。

※ 兴奋是一时兴起，不长久；发奋是长久坚持，靠韧劲儿。

※ 成功蹲在一个人成长的路上，它可以等，你必须向前走。

※ 拼搏的人生不一定精彩，但是最有可能获得汗水和牺牲所认定的价值。

※ 咬着牙向极限冲刺后，赢了，才发现只要肯拼，自己可以把自己往成功的道路上逼。

※ 若想成功，就要敢于踏在失败的台阶上，一步一步朝上攀登。

※ 自己成不成功不由自己掌控，但自己努不努力，则由自己说了算。

※ 可以躺着做梦，但实现梦想必须站起来行动。

※ 不敢冒着风险去打拼，又不甘于流着汗水去打工，就会有结果：追求跟着无所作为的消极打水漂。

※ 畏于艰难和险阻而放弃，就是失败者。

※ 锲而不舍地与坎坷、艰难、困苦作对，就是坚持。

※ 知道运气不由自己掌控，自己就应该朝向目标，集中精力去做好可以实现的运作。

※ 不要过多去考虑收获，应该把精力集中到劳作和耕种上。因为想得美含有贬义，而干得漂亮才是褒扬。

※ 想登上珠穆朗玛峰顶，一要趁着年轻，二要先学习登山的基本本领。

※ 台阶要一步一步地上，不要企望一步登天。那些"会当凌绝顶"的成功者都不是空降到这个点的，第一步肯定是在低处用汗水、泪水奠基，靠着吃苦爬坡，在一次次失败中站起来。学他们，不要盯着他们现在的荣耀，当你像扯幕布一样把他们的荣耀扯下来，眼睛会替你吃惊，因为你看到的是遍体鳞伤。

※ 不要以为年轻就是资本，不努力就等于虚度。黄忠、姜尚不仅诠释了"姜是老的辣"，还告诉我们：老或不老，凡人拼容颜，超凡的人拼心志。

※ 人脉和酒没有必然关系，它是用心去织的，这张网的

质地取决于你的人品。

※ 有一步登天这个成语，人就可以做一步登天的梦。但不要把梦当真，梦总要醒，醒了，脚还踩在土地上。可以设想有天梯，但没有一蹴而就的天梯。

※ 成功是打拼的产物，等来的只能是别人功成名就的消息。

※ 机会总和有预见性的人碰面；如果及时出手，它就会付给报酬。

※ 都想做多赢的事，但"输"偏偏闯上门，成为意想不到的事。当你因为不服输去拼的时候，赢却又意想不到地出现了。

※ 让精力在不该流浪的地方流浪，最终将体会精神上落魄后无所事事的流浪。

※ 谋大事，谁都不能稳操胜券。但若把失败推定和化解方案设想得极度周密，成功就是水到渠成的事。

※ 知识可以被勤奋转换成能量。

※ 懒人就是因为不动脑，所以把一双可以劳动的手弄

丢了。

※ 竞争到最后，智慧、运气、能力都气喘吁吁，能够冲击极限的一定是笨头笨脑的毅力。

※ 做最坏的打算，向最好处努力，就可能是未来的赢家。

※ 不要小瞧任何一个底层的奋斗者，这是造就成功者的最基础层面。瞧不起他们，就等于瞧不起所有成功者的当年。

※ 顺水推舟，省力，但你去的是下游；逆水行舟，费劲儿，但你去的是上游。

※ 心胸狭窄，路就会越走越窄。

※ 用汗水给苦不堪言的疲惫洗澡，就是劳动。劳动气喘吁吁地把人累得倒在岁月里，是给以后的好日子奠基。

※ 千万不要以为付出都会有收获，但想要收获，就一定要有付出。

※ 机遇不馈赠成功，它只给出一种可能。成功，都是抓住机遇的人用心血和汗水熬出来的。

※ 能够梦想成真者，一定是忠实于自己选择的人。

※ 运气有时会在累不死的汗珠里出世。

※ 运气不和任何人预约，却常常和积极行动的人撞个满怀。

※ 众志成城，就是每个人都把自己当一块砖，在可以有效发挥作用的地方尽自己的一份力量。

※ 做什么都等运气的人，应该明白一个最简单的道理，运气这家伙并不会走路。

※ 走运，就是路过的机遇恰好撞上了你锲而不舍的努力。

※ 一朵鲜花插在牛粪上，牛粪反复解释：我不曾有任何非分之想，是那只折花的手难逃罪过。

※ 幸运，不是仰天大笑出门去，正遇上天上掉馅饼。幸运，指天灾人祸突如其来，独独就和你擦肩而过。

※ 汗水没有手，却能从土里刨出粮食。

※ 运气居无定所，是不会怀胎的努力经历山重水复之

后，从柳暗花明处捡来的孩子。

※ 人努力，总会有个结果。人不努力，就一个结果。

※ 命运就是一个人行为的结果，而行为又是被人的思想和性格所支配。所以归结起来还是自己主宰自己的命运。

※ 财富有种子，落在地上叫汗珠。

※ 所谓衣锦还乡，就是忍受离苦，抛家舍业去奔波闯荡，最终为自己和家人挣来的一份让日子增光添彩的回报！

39. 人品是用修为一点一点提炼的

※ 道德应该是约束自己的尺度，而不是用来抽打别人的鞭子。

※ 放下，是思定后的决念。不在乎，是念未解结的漫不经心。前者已净空；后者还需悟空。

※ 人品不是商品，花多少钱也买不来。人品要用修为去提炼，一点一点攒起来。人品不显形，但有重量。

※ 若有平常心，说你好或说你坏都是穿堂风。最终留在

那里打坐的，应该是一颗自省的心。

※ 修行的高境界是修出平常心，修行的最高境界是修出平等心。

※ 如果看不通透，不会以乐观心态对待生活，活着就是接受命运给予的惩罚。

※ 别人没有义务帮你设计自尊。人只能靠修养打造心灵的高贵，让骨头扶着自尊，站在不肯低头的基石上。

※ 是人都有缺点，没有缺点就不是人。人之所以能成为高级动物，就在于他能正视并不断改正自己的缺点。

※ 尊重内心的自由，人不要为别人的脸色活着。恪守处世的信条，人要为成全他人的美好活着。

※ 当人放下，把该忘记的忘记，其实也是一次记忆的涅槃。过去的成为空白，面对的是陌生；但新的景致恰恰是在陌生中遭遇的。

※ 不要为自己的过错寻找理由。借口无法替过失打折，也不是一个人再来一次的起点。

※ 成熟，就是看透了人情世故，但绝不让心志输于人情

世故。

※ 提得起，要扛得住；放得下，还要输得起。

※ 老实，总让自己吃闷亏，人不防，就无加害，结果无亏。聪明，让别人吃亏，被防之，是为自害，结果吃大亏。

※ 可把心如止水用于修养，但就成就人生而言，要反其道而行之。动如蛟龙，才能翻江倒海。

※ 人在本职工作之外应该有自己的爱好。因为人在生活中使用的时间是一样的，但有爱好的人比无爱好的人在相同时间段里倍增性使用了业余时间，所以就多走出一两条路。因此，观赏和感悟的风光不同，眼界和思维自然就有天壤之别。

※ 人常常走入这样一个逻辑：你太看重一些不该看重的东西，恰恰会使你丢失一些不该丢失的东西。有看重就有计较，有计较做人的格局就变小了。

※ 人品塑造的权利在自己手里，而客观评价权则在别人手里。

※ 修养没有药效，但它能让灵魂增重，给欲望瘦身。

※ 靠珠宝装饰出来的是肤浅的外表，用素养武装起来的则是珍贵的内在。

※ 用自信给耳朵上锁，前来打搅你的各类是非就会被活活累死。

※ 在短时间里，虚伪比真实更容易成为赢家，但最终被揭穿的一定是虚伪。

※ 懦弱，是灵魂得了软骨病；卑鄙，是人格读了厚黑学。

※ 战胜对手的根本法则是首先战胜自己。

※ 把一份善良装在自己心里，却处处替他人着想，这就是素养。

※ 随心所欲者，要么是淡泊心志，不因世态而局促委屈自己；要么是造诣臻于化境，处事洒脱，纵横捭阖，游刃有余。

※ 奉能者为师，视自己为苦行僧，苦中作乐，方能成大师。

※ 肯低头的人撞不到矮门，但看重气节的人是不会让骨

头弯腰的。

※ 为人正直，品行端正，就已修炼成不需著书立说的道德家。对自己厉害，不因利害人，你才能成为最厉害的人。

※ 能不断地把自己的优点转化成习惯，修养就在人的内心落地生根。

※ 高贵和钱没有关系，因为教养是在任何商场里买不到的。

※ 有些人的失败，从表现看是做事的失败；但从深层面看，是做人失败导致了做事的失败。

※ 人可以随缘，但不能丢失本色。

※ 所有的方法都是从干的过程中摸索出来的，不干就是甘愿让自己堕落为笨蛋。

※ 层次高的人，并不是站得高，而是善于用修养和内涵提升自己内心世界的基点。

※ 从能力修持的角度看，人可以做变形金刚，但绝不能当变色龙。

※ 羡慕，只是对你外在条件的看好；被敬重，才是对你人格修养和自身魅力的认定。

※ 能力是被态度培养出来的，而选择直接决定着能力是否能够最有效地转化为能量。

※ 在遇到责难和训斥时，要这么想：这是生活在以一种特殊的方式赋予我修养。

※ 修行，就是在淡泊和寂寞中苦熬自己的耐心。

※ 习惯是一种养成，品行往往就隐于人的习惯之中。

※ 成人之美等于在素质和修养上成就自己的品格。

※ 得理让人，是你的涵养大获全胜。

※ 人格不是大学培养出来的；人格是品位，但没有学位。

※ 每个人都是自己的领导，自身的能力和修养决定自己的水平和素养。

※ 文化这东西长进骨头里叫气质，长进脑子里叫学问。

※ 能把自己的脾气劝回去就是修养。

※ 他从不用教导的口气对你说应该怎么做，但他的行为举止让你感觉是在读一本爱不释手的书：这就是教养。

※ 做人有一个技巧，自我可以委屈，但对众人一定不能轻慢。

※ 所谓放下，就是自己把自我下放到不生贪欲的穷乡僻壤。

※ 你可以原地踏步，也可以坐下来休息；但要让到旁边，否则就挡了别人的路。

※ 教养没有形成前，勇敢可能会表现为粗鲁或粗野。

※ 休闲娱乐时间是用来放松的，却最能验证一个人的品位。

※ 每一个人都是自己，但不能只为了自己。

※ 总把放下挂在嘴边的人，可能根本就没弄懂什么叫放下。放下是要人在忘我的前提下，去为更多的事儿操心劳力。

※ 能去借款，是你的胆识在作为；能去还款，是你的责

任在作为。

※ 危难时刻不仅显身手，也会显露人的本性和品格修养。

※ 有好人品即是福。好人品既是别人的诺亚方舟，也是自己的护身符。

※ 脾气不好，会给自己的人脉打折；心地不好，就会给自己的人格打折。

40. 低调是智者的防弹衣

※ 锋芒毕露，就是只刺猬。藏而不露，才是出鞘见血的利剑。

※ 不要以为玻璃透明就可以任意穿越，任何一种物质都会在适当的时候，选择适当的方式用自我存在挑战傲慢和忽视；否则便会你目中无人，你鼻青脸肿。

※ 谦卑给智慧的人吸附力；低调给智慧的人穿上防弹衣。

※ 博学不能沉默，不然如何传道、授业、解惑。但博学

不宜卖弄，因为学问用来炫耀，其目的就是给自己涂脂抹粉。

※ 无才无人妒你，有才有人求你。

※ 你可以趾高气扬地行走，但要记住门槛没有脖子，不会低头。

※ 学会找自己的不是，就可以让自己经常和对站在一起。

※ 伟大是在谦卑的培养下一点一点成长起来的。

※ 知止，动力学上称为刹车，可避险情、险境。

※ 不断地发现自己的无知，其实就是认识的进步。

※ 能够发现自己的无知，就找到了少走弯路的捷径。

※ 谦和也是一种实力，可以不战而屈人之兵！

※ 低调，是为脱颖而出打基础。

※ 不断反省和扪心自问，是人格和品格不断朝上攀升的阶梯。

※ 谦卑，是不自恃自身的能力而看不起别人。自卑，是不自信自己的能力而怕别人看不起自己。

※ 玻璃透明，并不等于可以视它为无物。

※ 征战中，除了谋断，取胜的另一个重要法则就是始终把对手看得比自己强大。

※ 正因为是一把锋利无比的刀，所以要习惯被藏在刀鞘里。

※ 当羡慕你的人越来越多时，妒忌也会跟着水涨船高。

※ 人生得意处要想想退路，才不至于某一天突然落个走投无路。

※ 谦虚，应该是不卑不亢地让自己活在真实的状态中，保留一个属于自己的本来面目。

※ 真正的大师都是很谦虚的，不谦虚的当然是很自大的大师。

※ 显露出所具有的能量，就等于在无意间加大自我的负载量，因为期待借用能量的人都不会放过机会。

※ 出头鸟挨了枪，血滴喊疼，才知道低调是件很实用的防弹衣。但出头鸟的壮烈就在于它知道疼，还要去体会牺牲时血花的绽放。

※ 所谓高手，就是总怕失手，所以低调，埋着头比别人多练了几手。

※ 做事儿要留有再选择的余地。不是给自己谋退路，而是为了更稳健地向前走。

※ 桥把自己横在那里，风走过来走过去不留下一个脚印，真正对重量负责任的是那群不吭不哈的桥墩。

※ 低调做人，声望会越来越高；高调做事，基础会越来越扎实。

※ 高调，等于扎个花架子赤膊上阵。低调，是我有实力，还要披一身盔甲。

※ 低调，没有人瞧不起你；吹牛，没有瞧得起你的人。

※ 强壮不等于健康，牙齿再硬熬不过舌头。

※ 忍让不是大度，因为纠结还揣在心里。大度是无计较，无我。

※ 不会下蹲的运动员是跳不高的，但一些经常下蹲的股票并不是运动员。

41. 尊严不仅仅是用傲骨捍卫精神领地

※ 人可以在生活上穷困潦倒，但绝不能在精神上一贫如洗。

※ 人若丢失了独立思考和对真理的坚持，就等于人格被可怜的懦弱剔除了风骨。

※ 灵魂没有下跪的膝盖，埃下，不伫立半个叛徒。

※ 尊严不是霸性，而是内心给自己的人性圈定了不容侵犯的领地。在这里，傲骨捍卫着自己的灵魂。

※ 除了天上的太阳，人人心里还应该有一个自己向往的太阳，这就是信仰。但不要把赚钱作为信仰，因为钱是人人能赚的东西，而信仰无价。

※ 能够不宠不辱，用平静、幽默和镇定去对待挫折、危机和突发的一切，这就是从容。

※ 不敢对过去的失误担责，你就很难对未来的重任有所担当。

※ 自己是不能把自己抬起来的，这是不讲理的道理。

※ 人生就像骑自行车，你不用力蹬，就慢；但不蹬就会倒下。

※ 珍惜自己拥有的，人就知足常乐；老盯着别人拥有的，心就挤满妒忌和怨恨。

※ 仅仅飞得高并不能成为鹰。鹰还有俯冲时的矫健和勇猛。

※ 风度，是长相之外的一种魅力；是比人的面部表情要求更高更难的一种修为；是一个人内心世界的一张脸。

※ 岁月是本书，作者是自己。

※ 在有太多英雄出没的时代，我只想做一个普通人。

※ 尊重是有自觉性的。当你用实力和素养铸造出属于自己的制胜砝码，尊重就是一种信任的目光！

※ 高贵，是用骨头打造的一种尊严，无价，没有膝盖，

而且不披外衣。

※ 无论通过什么方式提升自己的地位和高度，都不如人们在心里给定你的真实高度。这是看不见的基座，无法拆除和改变。

※ 瀑布之所以壮观，在于它为了向前走，敢于义无反顾地从高处落下。

※ 因为钱输掉了尊严，落差会残酷地陈明一个事实：尊严一旦被金钱挥霍了，人就会沦为最可怜的一贫如洗。

※ 人往高处走是一种心境，高处不胜寒是一种处境。

※ 人生的价值在于不为自我价值而创造价值。

※ 不要指望人人都说你好，因为人里面有好人也有坏人。

※ 失去了自由，身边还有孤独和寂寞。失去了尊严，从此会陷入无尽的欺凌和屈辱。

※ 清高可以是自许，举世皆浊，唯我独清！清高是内心里的一节风骨，可谓：出淤泥而孤芳自持。

※ 没有迈不过去的坎，只有不懂得绕道的自己。

※ 说真话的最大好处就是，自己的嘴不扭曲自己的心。

※ 赞助是一种义举，等着或祈求赞助相当于乞讨。

※ 精致，就是用高雅雕刻情趣，让精神境界出世俗而不染。

※ 能把自己的血气之勇囚禁于阳刚之躯，怒发冲冠就不是一己之怒。

※ 有的人靠赚取的价值体现自身的价值，有的人自身就是价值。

※ 底线是看不见的，但你的尊严站在那里。

※ 自觉，就是追求将一种信仰演绎成行动的具体化表现。

※ 所谓责任，就是一边听任百姓斥责，一边任劳任怨地完成好自己承担的任务。

※ 生命的价值不是活着，而是不为活着而活着。

※ 强者，就是不畏强暴，但又从不仗势欺侮弱者的人。

※ 人不能决定自己的生死，但应该决定怎么按自己的想法活着。

※ 擅长投机的人，往往是靠丢失人格给自己谋求一个被人鄙视的所谓前程。

※ 战死在沙场上的英雄，绝不可能为了荣誉而站起来领取勋章。

※ 在生活中心走，有仰头就有低头，但代表人格的骨骼绝不能打折。

※ 我的过去不需要你原谅，但我的现在你可以批评。

※ 失败不代表认输，一旦放弃就彻底输了。

※ 有的人用自尊心打造出过硬的腰杆，有的人因自尊心畸变出自欺欺人的虚荣。

※ 懦弱被欺负，强悍才有尊严。

※ 能让你骄傲一辈子的事儿，你必须用一辈子的精力去做。

※ 尊重别人的尊严，就基本赢得了属于自己的尊严。

※ 别人轻视你，不要生气，要借此激活自己的志气。

※ 口碑不是自己立的，口碑刻在人心上。口碑没有腿，却到处走。

※《菜根谭》里说"地之秽者多生物"，其实是告诉我们真空里面固然干净，但万物不生。周敦颐说"出淤泥而不染"，则是告诉我们，可以同流，但绝不能合污。

※ 势利，也是一个社会学教授。它教会你一个基本法则：一切要靠自己。

※ 一个人真正的完美，就是创造和崇尚完美，但从不苛求别人完美。

※ 宽容是一种美德，但须有度；若丢弃原则，就可能沦为向恶俗低头的犬儒主义。

※ 不要去取悦别人，那叫讨好；也不要陶醉于别人取悦你，那叫假好。

※ 投其所好，是一种讨巧；助其所难，是一种侠义。

※ 你有权利不喜欢一些人，但不要因为自己不喜欢就去伤害或诋毁。

※ 就衡定而言，公道在人心；但就判定而言，公道在法律。

※ 文化进入市场竞争，是软实力。文化，作为塑造灵魂的底蕴，就是最坚硬的骨头。

※ 信仰，其实是对一种认知的高度迷信和坚守。信仰可以让灵魂睁开眼睛。

※ 信仰是抽象的，但它可以让人的行为取向变得具体而直接。

※ 群众的力量一般是在热爱和愤怒的时刻才迸发出来的。

※ 有骨头，才能站在自己所爱的土地上。

※ 有的人为了保全自己，却把与生俱来的气质弄丢了。

42. 贪欲会使人心长出四处咬钩的嘴

※ 有一种悲催是这样的：你绞尽心思想出人头地，最后却把自己塑造成了最可怕的人。

※ 贪欲可以使人的内心生出一张四处咬钩的嘴。

※ 人把欲念放下，自在的门就开了；人被欲念拿下，囚禁自由的门也就开了。

※ 欲望无嘴，却有填不饱的肚子。

※ 贪欲这家伙从不露脸，却最能引导人暴露出自私可鄙的一面。

※ 人之所以累，就是因为心太小，还把一个很重的自己整天搁在心里。

※ 缺乏自制力的人，最终会受制于别人。

※ 如果你马马虎虎，这个世界就用潦草的方式打发你。

※ 自我，只是养活灵魂的载体，而灵魂本身是无欲的。

过分强调自我，只会让欲望不停地侵犯灵魂，这种侵犯其实就是咒语射出的子弹。

※ 过分注重别人的看法，会磨损自己的个性，消灭的是自己的锐气。

※ 得失心是折磨灵魂的双刃剑，得失心在，灵魂的宁静就不在。

※ 有了贪心，无论如何伪装，别人都会看到你的另一副嘴脸。

※ 人世的神秘和诱惑，总使人想用自己的欲望去对抗时间。而时间极其傲慢，视人命为蝼蚁。

※ 当人的欲望大于自己的实际需求时，各种烦恼就开始送货上门了。

※ 想得到满足的最好方式就是学会知足。

※ 心术若不正，爬上去的高度，就决定了摔下来的沉重度。

※ 幸福并不是件难事，你把自己放简单，幸福就跟上你了。

※ 欲望很执着，一直想控制和征服你。它俘虏你的方式非常巧妙，会雇请幸福和快乐做导游。它布置的陷阱里堆满了沉湎、刺激、满足和奢靡；结果堕落了，你还以为自己人生丰满，多彩多姿。

※ 知足，是面对给予的短缺，不求额外所得；知止，是可以额外得到，却自己给自己叫停。知足有被动性，能给多少就多少；知止是有自控力，只取我当取的。知足，是给自己的欲望打折；知止，是不给欲望面子。

※ 从生死之大限看，人人都有悲，即出世就被判定为死缓，这是等而待之的，都一样。差别在于其后的造化，可形成种种差别，就有了人比人气死人一说。但到终了时，又出现平手，遭历苦难的视为解脱，心无挂碍；享受荣华富贵的，不愿撒手，万千牵系。如此看，正确比较可自解烦恼，斤斤计较则自寻烦恼。

※ 那些涉嫌欺骗的诱惑，大都把陷阱伪装成机遇。

※ 利益取向恰恰是在调动人的积极性的过程中，伸出一只手，诱导人的价值观误入歧途。

※ 若良心夭折，社会责任心就会被贪欲逼死，人就会变得比野兽可怕。

※ 贪欲非常善于调动人的自觉性，通过多种方式，一步一步把人拖入饮鸩止渴的毁灭过程。

※ 一些疾病的出现，就本质而言，恰恰是对人体自我伤害行为的一种报复。从这个角度看，终止自我伤害，是最好的治疗。但人的欲望和那张好吃的嘴都喜欢过瘾，让其自我克制，相当于与虎谋皮。

※ 贪心太重，幸福和快乐就会被自己的欲望累死。

※ 人生的许多烦恼都是心思太重所导致。

※ 舍不得放下，两只手就永远抓着旧东西。

※ 总怕自己吃亏的人，已经在为自己的斤斤计较而吃亏。

※ 老死的人少，病死的人多，所以要记住：病从口入。

※ 计较多，顾虑就多，失去的也就多。

※ 得到，说明你的手正被物所占领；付出，说明你的手又解放了。

※ 有时钱赚得越多，良知就会越少。

※ 非分之福或非分之财都可能暗藏殃灾。

※ 受骗，是自己占便宜的念头被别人高明的狡猾利用了。

※ 贪婪是因为内心贫穷，满足是因为精神富有。

※ 诱惑总在借欲望给贪婪设置陷阱。

※ 欲望，是上帝给人的一种生存动能。如果只用于自我需求和利益的谋取，就等于把它降格成了一种本能。

※ 借人的善良欺骗或设置陷阱，以求满足自己的私欲，即是一种邪恶。

※ 人一旦对什么太过在乎了，"无欲则刚"这句话就成了口号。

※ 帮人要帮有困苦的人，就像医生开药方是给有病痛的人用的。如果金面敷粉，去给那些已经锦上添花还要得陇望蜀的人，无异于给一颗贪婪的心为虎作伥。

※ 人类只要被欲念支配，其取得的成就和所谓的创造无

论业力大小，就其归因看，都在为毁灭地球添油加火。

※ 人的欲望无限膨胀时，很难意识到过度的消费就是资源的浪费，而有些资源耗费后是不可再生或不可速生的。

※ 奢侈就是放纵挥霍，用铺张手法变简为繁，把享受搞成一种穷奢极欲的浪费。

※ 不择手段向上爬者，挤破头的一般在底部，摔得最惨的也一定在顶部。

※ 很多时候，上当，就是别人用狡猾俘虏了你的贪心！

※ 天上突然掉馅饼，去捡时要注意，可能脚下就藏有陷阱。

43. 强者都是雕刻自己的高手

※ 在强者看来，风险是用来挑战的，困难是用来战胜的。

※ 你想改变自己，你就要不断地折腾自己。

※ 不断地原谅自己，等于自个扶自个下马，可以很体面

地把自己推向失败的境地。

※ 用自信给耳朵上锁，前来打搅你的各类是非就会被活活累死。

※ 蝇驸马尾，亦可驰骋千里，但只是一次性借用，不能终生受用，所以还是要做强自己。

※ 苦难本身没有价值。人要走出苦难，只有以毅力去提升自身的价值，这样苦难才会贬值。

※ 放下，就是放弃什么都想要的那个自己；放弃就是抛却本该属于自己的那些东西。

※ 做个好人，不是为了求好报；如此才可能真心真意去做好事。

※ 能力可以使你走得快，毅力可以使你走得远。

※ 智慧的人，会把攀比别人的精力用来开发自己。

※ 得理不饶人，等于逼着尴尬侵犯自己！

※ 无论立于多高的树上，鸟儿都不担心树枝折断，因为它拥有让自己放心的翅膀。人亦如此，有本领方有内心的

踏实。

※ 如果大脑长期被懒惰豢养，而一双手又习惯于蒙着头睡觉，那么你再发誓不虚度时光，时光也会幽灵一般跟来，虚度你。

※ 怒处能制怒，就会让对手的拳头打在空气上。

※ 强者，都是用意志雕刻自己的高手。

※ 要善于抓住机遇，但不能存投机心理，因为很多时候机会和陷阱会蹲在一块儿等你。

※ 甘于亏自己是君子，精于害他人为小人。

※ 如果真把自己当成埋头向前的牛，批评就是一根鞭子。

※ 烦恼不会走路，所以不会用盯人的方式去纠缠人。倘若遭遇，还是自省，一般都是从自己心里制造出来的！

※ 容忍他人，其实是给自己不喜欢的人创造一个喜欢自己的机会。

※ 只有让勇气和智慧战胜了自己所有的软弱，一个人才

可以成为真正的强者。

※ 把自己打造成一个大储量的"U盘"，人就有了底气。强者拥有可以捭阖叱咤风云的数据，但任何一台电脑召唤，我都可以挺身而出地插上去。

※ 给自己设定太多高大上的境界容易陷于空泛；做人的关键是要守住底线，没了底线，境界绝无立锥之地。

※ 不敢冒着风险走新路，你将是一个永远跟在别人身后的人。

※ 既然人生没有彩排，那就逼迫自己做好每一次直播。

※ 只有反复地否定自己，才有把握在竞争中不被别人否定。

※ 敢于认错不是错，而是以知错的姿态和过错告别。

※ 汗水和泪水的分子成分基本相同，可你见过谁是因为天天流泪而登上领奖台的。

※ 能看到自己的不完美，才能在校正中使自己逐步趋向完美。

※ 忍耐也是一种能耐。

※ 你能有分寸地克制自己，心就自由了，从此不需要上锁。钥匙自然丢掉，就像丢掉累赘。

※ 能力一般是被自己的毅力培养出来的。

※ 坚持，就能使毅力成为自己最精锐的突击队。

※ 横了心，要把事儿做到极致，就等于咬了牙，要为自己的一份野心去折磨自己。

※ 失败都是暂时的，如果意志垮了，一蹶不振就是永久的。

※ 自身很硬，敢冒尖，才能成为钉子。自身很硬，又有自重，才能成为钉钉子的锤子。

※ 能帮助人进行内修的最有效的方法就是自己对自己负责。

※ 若想有真正自由，就不能无度地放纵个人的绝对自由。

※ 把事儿做得出彩，的确可以让自己出人头地。但不用

修养去打造人格魅力，就无法让人从心里佩服得五体投地。

※ 能够梦想成真者，一定都是忠实于自己选择的人。

※ 多少鸡蛋联手攻击，石头也不会皱一下眉，所以强者要在修炼中强化自己的内在质地。

※ 命是运的主宰，有些人错过，要么是决心输给了胆怯，要么是意愿斗不过顾虑。

※ 要闯社会，赢别人，首先要挑战自我。

※ 想成为勇士，就要打败藏在自己心里的敌人，它叫懦弱。

※ 人生的高度，取决于你奋斗中基座的厚度。

※ 能有效地领导自己，就能最有效地突破自己。

※ 坚持是一种意志，但放弃有时需要更为坚强的意志。

※ 困境用磨难逼出人的坚强，顺境用舒适松懈人的意志。

※ 宽容需要克制忍让，在修炼中蓄势；发泄可以一吐为

快，但怒气不等于能量。

※ 克制最需要的是自身修养，但一般人总强调别人要加强修养。

※ 不管世界是不是平的，一定要把自己的心态塑造成平的，这样才可能做到不横行霸道。

※ 人生中若想有值得回忆的精彩，就必须让自己活得丰富多彩。

※ 能力是被态度培养出来的，而选择直接决定着能力是否能够最有效地转化为能量。

※ 过度谨慎或犹豫多疑，就自保而言，确实可以少出事儿；但就做事而言，一定是落在后面的那一个。所以有人说：小心翼翼其实是果断行动的狙击手。

※ 真正的成功，就是从此你不再被成功所累。

※ 自己的勤奋加上超乎常人的有心和用心，才是自己最好的老师。

※ 自己所具备的能力，才是最终成就自己的那位伯乐。

※ 活到后来，我们很少在一些场合释放自己的热情和冲动。这说明经历是个学者，教会了我们控制。释放是一种本能的活力，而控制是一种自为能力。控制朝上走一步就是管理。

※ 活到今天，感觉什么都可以放下了，就是饭碗不能放下。饿不饿不重要，关键是里面盛着日子，一双手捧着自己的命。

※ 搬弄是非的人会传染一种病——猜疑；息事宁人的人也会传染一种病——麻木。主见是自己的抗体。

※ 有的人，给根甘蔗他会说太粗糙，扎嘴；有的人，给根鸡肋骨都津津有味，给根钉子他也能蘸着酱油喝下三两酒，这就是生活态度，它决定人对生活的理解，也左右人的行为。

※ 如果你咬定成功，失败只是一次不成功。如果你放弃对成功的追求，那就是彻底的失败。就像垓下之战，项羽如若不因一次不成功而放弃追求成功的资本——生命，而是过江，去见江东父老，父老乡亲不仅不会嘲笑他失败，可能会有一批人跟随他东山再起。所以，不放弃，你还有可能；放弃，你将一无所有，也叫一败涂地。

※ 不要拒绝别人的帮助，就像不要拒绝阳光的温暖。也不要指望人家的帮助，就像别人的手长在别人身上，你有自

己的手。

※ 败了，不要怪你的敌人狡猾，因为你对付敌人的一切战略、战术和方法都是你自己确定和选择的。所以要明白，打败你的，还是你自己。

※ 痴人多有痴意，认准了，就坚持，咬定青山，不坠青云之志。他们把掌握自己的命运看得比命运本身更重。

※ 见好就上是跟风者，后果是自己的命运由别人做主。见好就收是逆袭者，结果是自己的命运自己做主。

※ 操守，是以修养给自己铸定戒律；持守，则是不逾底线的定力。

※ 人生没有导演，一直是现场直播，自己始终是主角。

※ 同样面临一道断崖，如果你把自己修炼成水，人们眼里看见的就是瀑布。

※ 如果连酒都戒不掉，就不要夸口自己的意志是钢铁。没有少见这样的人：几杯下肚，豪言壮语；再来几杯，胡言乱语；接下来一堆烂泥，和钢铁风马牛不相及。

※ 是金子总会发光！是一种鼓励。其实，金子不经冶炼

就和沙砾一样，黯然无光。

※ 风可以往任何一个方向吹，只要心不出来拦路，一双脚就会跟着眼睛走。脚没有路长，却用自己的方式把路扔在身后。

※ 有时，不懂得珍惜就是一种不曾出手的伤害。

※ 不要总和别人比，这个世界最多的就是别人，却只有一个自己。

※ 走自己的路并不是只选一条路，而是按自己的想法选择想走的路。

※ 留得青山在，如果只是为了有柴烧，那么这个人比较适合当樵夫。

※ 要学会用劝慰别人时的那种智慧来开导自己。

※ 勇于克难的人遇事想办法，惯于叫难的人惯于找借口。

※ 求人是仰仗强者，求己是打造强者。

※ 让自己成为自己的敌人，才可能真正成就不断强大的

自己。

※ 发现自己的错误就等于遇见了真理；而改正错误的过程，就是接近和践行真理的过程。

※ 忘我，且不知世有伯乐的马，恰恰都是拼命地在奔跑中成了千里马。

※ 当你不再去追求超凡脱俗时，你就真的脱俗了。

※ 如果你真想学到很多的东西，那就一点一点地学。

※ 人其实有两个青春：一个由年龄掌控，所以短暂；一个由自己的心掌控，可以长久。

※ 生或不生不由自主，但活法一定要自己做主。

※ 找到正确的答案，不如找到正确的方法。答案可以是别人给出的，方法要自己去掌握和使用。

※ 在赛场上，看起来是你在超越别人，其实是自己的能量和自己的意志在较劲。

※ 敢于认错，说明还没有再败给虚荣。彻底改错，才算真正走出了过失。

※ 跌落后能爬起来，而且登上一个新的高度，这才是最成功的高度。

※ 任何时候，自己的一双手都是自己最忠诚可靠的伙伴。

※ 活着，命运就在自己手里，要学会自己给自己洗牌。

※ 当你抵达事业巅峰，以前的身份越低下，众人对你的赞誉度越高。这也是物极必反。

※ 舞台就是让你表演的，怕夺人眼目，就去做观众。

※ 强者，就是越有对手时越变得精神抖擞、跃跃欲试。

※ 在学习中把自己武装到具有某些先知先觉的能力，就不至于在不知不觉中被淘汰 。

※ 真正厉害的人，是只对厉害的人厉害。

※ 让自己总具有动力去改变自己，就是一种成功。

※ 有的人用文凭证明自己的能力，有的人用实绩证实自己的能力。

※ 人要有斗志，但不要简单地去做斗士。

※ 耐心就是把忍变成蓄势待发，这样才能做到该出手时就出手。

※ 以竞争对手作标杆，也算借他山之玉攻石，让自己在砥砺中赢。

※ 不能因为你在追求成功，就把不断出错视为理所当然。

※ 有些人之所以一诺千金，除了相信许诺之事神已听见，还在于他们始终坚信自己可以做自己的神。

※ 原谅别人不仅仅是宽容，重要的是你本身正确才有这种资格。

※ 强者，在人前把眼泪埋藏，背后用眼泪把自己的痛埋葬。

※ 善于忙里偷闲的人，其实是使用时间的高手。

※ 能以一颗匠心去做好做精平凡的事儿，就是不平凡。

※ 饵对鱼是诱惑。但细细思量被钓者和钓者皆有贪欲，而且都因一张嘴。

※ 那些让你羡慕的人，绝不是靠羡慕别人才有所成就的。

※ 学会了给自己的欲望做减法，幸福指数就会朝上走。

※ 学成的技能可以跟随人一生，是手艺，也是谋生的本领，所以有"艺不压身"之说。

※ 可以在忍耐中等待机会，但不要指望在乞求中得到机会。

※ 敢让情感随真性情出走，又咬定责任，不乱方寸，这是真定力给有活力的心当家做主。

※ 把别人当成自己对待，"己所不欲，勿施于人"就成为自觉。

※ 把别人当自己对待，能领悟宽容之道；把自己当别人要求，能守定律己之心。

※ 给人台阶下，不仅是有风度的大度，而且是有气度的让渡。

※ 肯于求教，你是学生；不肯求教，你将是无知者。

※ 你听到一个传言，先打问号；不弄清真相，绝不轻易开口或行动，你就是一个成熟并懂得负责的人了。

※ 有的人臂不显膀不壮，但做起事来有肩膀；有的人看上去一副好身板，但一遇事儿就溜奸耍猾。

※ 境界是一个人思想的高度，人的自我站位放得越低，精神境界才会越高。

※ 尽量不要把自己的心情状况发布在脸上。

※ 所谓大师，就是被爱好绑架，一生都在为追求打工，而且打出点名堂的人。

※ 来人世不是为了出个场，走一遭。若不敢出众，就意味着出局。

※ 这个世界每天都在变化，不学会变化，就是不知进退的退化。

※ 若不给自己留退路，人就只能向前走。

※ 真正的强者不与别人一争高下，而与自己一争高下。

44. 魅力是藏在漂亮身后的另一种美

※ 魅力属于组合式大美，是藏在容貌身后的另一种漂亮。

※ 一朵花的美丽恰恰在于它不能永远盛开。短暂的想让它长久，留不住的才想留住。

※ 花开不是因为自己漂亮，是因为春天需要它，蜜蜂蝴蝶需要它，寻找美的眼睛也需要它。

※ 容貌会被岁月磨损，在一定时段开始让人的心境出现悲伤；而智商和情商会被岁月沉淀下来，成为自己厚重的资本。

※ 这世上醉人的不一定是酒，有时可能是一个眼神或一个笑容。

※ 以自己最好的心境和精神状态示人不是自恋，而是对别人和自己的同等尊重。

※ 穿着之风度，从表象看是衣冠；但从本质上看取决于

自身形体；内在是核。

※ 内在的美是在镜子里看不见的，但它也是一面镜子。

※ 都承认你长得漂亮，但别人不能拿来当衣服穿；自己更不要把它当成华丽的衣服。

※ 很多时候笑容可以为尴尬和僵局解开扣子。

※ 身形是最唯美的穿着，青春是最方便的打扮。

※ 长得年轻并不等于心理年龄绝对相配豆蔻年华。井在水枯不是稀罕事儿，去水中捞月的人心知肚明。

※ 知道花开花落，就不要辜负了盛开时节。是短暂的美好，就应该让其成为过目不忘的美好。

※ 人不要只求长得漂亮，还要力求做事漂亮，为人漂亮，活得漂亮。

※ 漂亮是上帝馈赠给你的美，而教养培育出的气质，可以巩固和延续你的美。

※ 别怪人走茶凉，如果你本身不是一款味道醇厚浓郁的茶。那些肯花时间来泡你的人肯定是看中了你所拥有的其他

附加物，一旦这些东西离开你，茶本和你无关，别人烧水何用？

※ 正能量的人是坐落在人群里的太阳。

※ 可以让自己熠熠生辉，但一定不要为了自己的亮度去抹黑别人。

45. 善良可以使这个世界变得温柔

※ 善良是有力量的，它可以让这个世界变得温柔。

※ 为什么需要灯？因为它在伸手不见五指的黑夜照亮了属于你的空间。人要好好活着，也要为他人好好活着尽一份心。

※ 当每一个人能把自己安排得十分美好，这个世界就会因少很多麻烦而变得无比美好。

※ 知足常乐是自守温和的一种生活状态，攀比一旦闯入，破坏效应马上显现，聊以自慰的得过且过心态被解构，激活的是不甘雌伏的进取心。

※ 原谅，就是把一块砸伤过自己的石头从心上搬走，给

那个知错欲改的人让出一条顺畅的路。有原谅的气度，才能成就事业的高度。

※ 诚信让一个人活在世界上时有了真正的重量，而且用良心做砝码。

※ 乐善好施是一种境界，不是信口开河就能做到。乐善，要有自觉自愿的善念和善行；这需要修炼，修炼即是苦。好施，则要舍；舍有先决条件，除了一颗助人的善心还要有能力和实力。所以自己必须是一个有为的人，才能从心所欲地去助人。因此要把自己当牛中的奶牛。

※ 因可怜而给予不是真善良，是善待；图回报而相帮不是真善良，是善行；随善行而解囊不是真善良，是善举。只有处处为他人着想的善觉之为，才可称真善良。

※ 世界如果缺少美，我就尽量去寻找它的美；世界如果很美，我就和它一起欣赏美。

※ 有钱不代表高贵，就像一颗善良的心，绝不是黄金能够打造出来的。

※ 狗对着月亮狂吠，不要马上就想到天狗吃月。它或许在想，这么明亮的镜子，为什么就不能让我拿来照照自己？

※ 若真喜欢这个世界，就原谅那些破坏过美好但现在开始热爱美好的人。若一直痛恨这个世界，那首先就要舍得打碎自以为是的自己。

※ 阳光心态是这样的：如果你剽窃我的诗歌用于谈情说爱，然后给你母亲带回个贤惠的媳妇儿，我就当自己的作品当了一次媒人。

※ 没想过当好人，把自己所做的任何好事看成是应该做的事儿，这才是一个真正的好人。

※ 若所做的事不可告人，宁可做不做为之人。

※ 不存钱就没有利息，不积善就没有福气。

※ 善念不仅使你自觉助人，也能帮你躲过灾祸。

※ 丢掉了善良的本性，成长的过程就是迷失的过程。

※ 把物施舍给一个贫穷者时，一定要两只手递过去。

※ 美的至高境界，是为美好奉献出属于自己的美好。

※ 发自内心的笑，不仅让自己快乐，还把亲切和友善馈赠给了他人。

※ 用赚到的钱或凭自己的能力去帮助那些真正需要帮助的人，就能体会到奉献所带来的满足。

※ 要知人情冷暖，先测定自己心灵的温度。

※ 人生如同照镜子，你对生活的态度，决定了生活对你的态度。

※ 分享不是施舍：分享是与强者共享并扩大成果，施舍是对弱者的救助。

※ 吃亏、吃苦不是福，但可以增福。

※ 只要用一颗爱心去善待生活，美好和奇迹就会创造机会和我们谋面。用乐观的态度对待当下的困难，就是笑对人生。

※ 世界之所以美好，是因为有许多品德美好的人在为它付出自己的美好。

※ 冷静观察可以发现：关键时刻，真正忘我和具有牺牲精神的人，都殚精竭虑尽职履责救治他人去了；他们没有心思在那里为小我的一己得失或一孔之见而愤懑、发泄，更不会凭一张大嘴在那里不负责任地说三道四。

※ 人之所以都想活着，就是因为这个世上的美好一直多于邪恶。

※ 通过努力让别人快乐幸福，就是给自己营造快乐幸福的空间。

※ 对正在探索的人，要多给予支持和信任；对已经成功的人，要多给予压力和怀疑。

※ 不圆满或留有遗憾其实是对至善至美的捍卫。只有让一颗心欲罢不能，不甘雌伏的执拗就憋着一股劲儿；有这股劲儿，就有了改变和弥补一切的权利。

※ 四季有寒秋和严冬，但自己的一颗心要保持恒温，每时每刻温暖自己。

※ 帮人的人内心情感一定是微笑的，嘲笑别人的人则在暴露自己的幼稚和冷漠。

※ 善良是被感恩一口一口喂大的。

※ 不浪费时间，不辜负爱，以真情对接真情，用善良缔结关系，其他的由必然和偶然去处理：这就是理性生活。

※ 去做你喜欢做的事儿，因为这样可以让自己的心里装满欢喜。

※ 越是把别人想象得阴险狡诈，自己就会变得越加让别人害怕。

※ 情绪，作为一种负能量会传染；情操，作为一种正能量可以传播。

※ 快乐就是忘掉身外之物，把自己交给一颗自由自在的心，在利人利己的前提下随心所欲。

※ 在所有人都看不见时，能凭一颗良心去做好事、善事，你就能看到自己的品格到底是什么样子。

※ 让善良长进心里，人就有了福根。

※ 用平常心处世，简单快乐就进入常态。

※ 善良，就是一颗能够消化丑恶的心转化出疾恶如仇的力量。

※ 得理要让人，因为输的一方已经穷尽，你握有让的余地。

※ 原谅一个伤害过自己的人是胸怀。但要再信任这个人，则要看他如何用时间重新雕刻自己。

※ 宽恕，是没有捐赠行为的慈善。

※ 宽容就是豁达自己的心胸，让别人踩出一条活路。其实对世界或对自己而言，也就多出了一条可走的路。

※ 救助他人，其实是让自己的善心施展才能。

※ 给人台阶下，不仅是宽厚，也给自己留出了余地。

※ 当你心里藏了善念、乐于吃亏、乐于帮助他人，你就让自己成了自己的贵人。

※ 懂得感恩，常常记住别人的好，用行为去报答，其实就让别人也记住了你的好。"好人一生平安"就是这么总结出来的。

※ 不能给周围的人带来快乐，自己的快乐肯定是没有笑容的孤家寡人。

※ 尊重，就是把别人当成高贵的自己来对待。

※ 善意的谎言不高尚，却是一种不伤害高尚的为人处世

方式。

※ 真正做好了自己，就是间接地善待他人。

※ 善良地待人和处世，就是对自己所向往的美好的一种
投资。

※ 能把他人当成自己对待，就叫设身处地的境界。

※ 感恩是发乎内心的一种感激，是地地道道的自为性情
感表达。

※ 即便吃了亏，也不改变自己的老实，把行善德作为一
种本分，这就是厚道。

※ 面对利益不伸手，危难时乐于向需要帮扶者伸出手，
这就是高尚。

※ 微笑不需要翻译，在任何地方都是可以递出去的
名片。

※ 微笑没学过公关，却能帮你处理好人际关系。

※ 微笑和眼泪都有传染性。如果你打心眼里想让自己的
周边布满微笑，那就不要吝啬自己的微笑。

※ 微笑，就是从内心掰一块温暖的阳光，用真诚镶嵌在自己脸上。

※ 枉费精力地讨论人性善恶没有意义，真正应该研究的是如何通过制度和规则去扬善惩恶。

46. 妒忌不可能给自己增光添彩

※ 妒忌，是自愧不如的不服，酸的是自己；不能给自己增光添彩，也无法销蚀别人的辉煌。

※ 人到世上来，都是在为承负的责任而修炼；所以要用内功，不要总和别人比，因为每个人的造化和修为皆不一样。

※ 习惯了在地上捡鸡蛋的人，总认为在天空盘旋的鹰好高骛远。

※ 别人的成功让你坐立不安，既证明你的妒忌心还在蠢蠢欲动，也证明你的上进心还在欲罢不能地活着。

※ 开好自己的车，别总琢磨着爆人家的胎。

※ 岁月不会妒忌，也不看人打发，它只是实事求是地用

时间雕刻出每个人不同时段的生命肖像。

※ 能人不屑于妒忌；大凡妒忌者，要么是能力不及人，要么是心胸不容人。

※ 妒忌，就是用别人的成功给自己的心态逆生式增压，不断地培育出擅长添堵的血栓和梗阻。

※ 妒忌，是一个无须治病的人总是自己给自己吃致病的药。

※ 能被妒忌者其实是最值得请教的人，但一颗生病的心却让你的出发点与用力点南辕北辙。

※ 被人妒忌说明你已经领先。对妒忌的人不要恨，要帮。有妒忌心说明他的上进心还强烈地活着。

※ 总在那里议论别人这不是那不是，结果，你总是个观众。

※ 妒忌，就是明知不如别人，却酸溜溜的，让不长牙齿的心张口去咬别人。

※ 妒忌，是让已经很可怜的自卑心再长出几颗牙来咬自己。

47. 冲动会使大脑丢失理智的缰绳

※ 每一次无理智的冲动，都可能给自己的命运造成一个自作自受的劫数。

※ 冲动最擅长让自己的脾气和火气蹿出去闯祸，专做些让人悔断肠子的事情。

※ 要学会克制自己，但不要亏待自己。

※ 人之所以会丧失理智，往往是因为对所遇的事儿只动了情，却没有冷静地去动脑。

※ 冲动说明你有激情。总是冲动，就说明你还需要修炼自己的性情。

※ 控制不了自己脾气的人，实际已经被人家的情绪控制了。

※ 情绪冲动时，一门心思要去做的事更要控制。此刻情绪是野心家，想篡位，去支配你。而被野心支配的冲动是魔鬼。

※ 我们不是自己的出品人，不能保证自己长得漂亮。但我们可以凭智慧让自己活得漂亮，可以把属于自己的日子规划设计得漂亮。

※ 英雄落败，要么是遭遇强大的对手，要么是在不该出手的时候出了手。

※ 蛮横的最直接表现，就是不靠大脑征服，而用肌肉去扬威。

※ 不问青红皂白，人就很难讲道理。最要命的是，明明有脑子，却让人感觉其脑子一直是闲置资产。

※ 冲动若只对自身造成危害，你可以任性；但冲动若可能对公众造成危害，则一定要理性。

※ 很多傻事都是被头脑发热的冲动和自大所造就。

※ 不理性的冲动，往往会被理性击中，而且一败涂地；因为冲动导致盲目，而理性擅长瞄准。

※ 冲动会让人在丧失理智的情况下，打出一通毫无章法的组合拳，但后果是无人替你买单。

※ 容易冲动，可能是因为年轻；但总是冲动，就可能成

为一个愣头青。

※ 有人诽谤了几句，就怒发冲冠，是不淡定，违背了"无故加之而不怒"的古训。仔细想，是在拿别人的错误折腾自己。

※ 经常发怒，其实是和时常前来讨好自己的快乐过不去。

※ 有一种最简单的买卖，只亏不赚，这就是动辄发火。

※ 人若被情绪牵着鼻子走，等于自己罢免了大脑的总裁位置。

※ 人在发怒时，已经不是正常的自己，所以不要让不正常的自己去侵犯正常的别人。

※ 脾气这东西，无技术含量，容易发作，不成熟者常常用它把身边的人和自己搞得遍体鳞伤。

※ 不要因为发脾气而损害自己的风度。

※ 情商不高的突出表现是，情义短缺，却情绪泛滥。

※ 有理智的人控制自己的脾气，无理智的人被脾气

挟持。

※ 比你先醉的人，无论多讲义气，也不能把醉酒的你送回家。

※ 为了出口气而斗气，导致矛盾激化，结果可能是因此永远断了气。究其根由是和气败于戾气，戾气伤人亦自伤。

※ 喷子就是枪口，被扣扳机的人操纵，是炮灰级的唾沫。

※ 冒险，是有理智地挑战可能，绝不是不计后果地孤注一掷。

48. 自身过硬，才能成为钉钉子的榔头

※ 才华若配不上已有的名声，即为虚名。

※ 挑战，要么输，要么赢；但敢于去挑战的就是强者。

※ 居安思危可以自省，居安思安可以知足。

※ 坚强，是一个人被磨难和坎坷百般折磨后培养出来的。

※ 任劳任怨，不仅是一种态度，还能撑大一个人的胸怀。

※ 想拥有美好的未来，就必须致力于改变现实的不堪，所以要堪于负重。

※ 毅力，就是把自己决定去做而别人都坚持不了的事情做到底。

※ 要让前来挑战的打擂者当高级陪练，自己平时就要乐于跟着汗水苦练加巧练。

※ 奋斗的本质应该是用事业来砥砺意志、胆识和能力，从而创造一个连自己都不认识的全新的自己。

※ 试图让自己永远正确，会陷入固化；让自己永远去寻找正确，才会不断进化。内心空间决定一个人的气度和容量，也决定一个人的气场和能量。

※ 把自己交给繁忙，撸起袖子干就要成为常态，累教你学会咬着牙擦汗。

※ 提升自身价值，才有资格追求倍增价值。

※ 打败了自己的懦弱，才有可能去勇敢地征服。

※ 对外在的各种设限要敢于凭借智慧和胆识去突破，但又要有气度、自信和胸襟给自己设限，这才是有超凡驾驭能力的智者。

※ 在拳击台上，拳头是靠实力武装的，能击倒对手，不说话就是说话。进入现实更残酷，实力就是角力，是要被掂量和被验证的，用老百姓的话说即"是骡子是马拉出来遛遛"，必须板上钉钉——硬过硬。那可不是话说实力，更不是戏说实力。

※ 成熟，就是年龄界限被年轻人纵横捭阖的驾驭能力突破，容许少年老成。成熟的标志要以能力衡定，所以你不仅要担负起重任，还要能赢得各方信任。

※ 手是用来劳动的，无高低贵贱之分。手攥着自己的命，也端着自己的饭碗。但怎么攥、端什么，则由自己的头脑去思谋。

※ 浑身是力，也不能自己和自己掰手腕。人的一生一定要有对手。不想被对手战胜，就必须使自己强大。

※ 成熟不拼年龄。成熟的标志是，你不仅担负起了责任，而且让人信任。

※ 因为天太高、未谋面，萤火虫从不认为自己比星星小。它一直认为自己比星星有本事，自己能动，星星不会动。

※ 星星总是在很远的天际若隐若现，其实是要我们打消幻想，自己去制造可以提在手里的灯。

※ 若真是一匹跑出风速的千里马，谁都可以做它的伯乐。

※ 都说知识改变命运，掌握了知识以后才发现：知识只是必需的装备，要改变命运还得自己去拼。

※ 超越自己的难度远远大于超越别人。

※ 运气是有条件的。在擂台上，一个文弱书生运气再好，也打不倒拳王阿里。

※ 为什么要成为狼，去与狼共舞？面对豺狼，要让自己成为狮子。

※ 头脑里塞满的东西都是舶来的，头脑里释放出来的东西才是自己的。

※ 凭能力，拼实力，就要琢磨怎么硬打硬地直道超车。

因为弯道超车总有投机取巧的嫌疑。

※ 依赖也是一种生存方式，可以饱食终日，但在别人眼里是寄生虫；可以依附攀高，但绝不是自己的骨头顶天立地。

※ 人的精力用度一旦和目标取向共守同盟，合二为一，所做的事儿就有了鳌里夺尊的把握。

※ 遇上撸起袖子拼命干的人，困难和问题也皱眉头，要么绕道走，要么打退堂鼓。

※ 学会了适应，你就在靠近成功。别人开始适应你，你已经成功了。

※ 以身作则就是不发出声，但最具征服性的演说和号召力。

※ 取胜不一定是打败对手，能让对手信服就是赢。

※ 有忘我精神的人，恰恰被其毫无私欲的作为刻进了人们的心里。

※ 实力是打出来的。实力可以打出自己的阵营，也可以打出彼此服气的朋友圈。

※ 没有命名出来的强者——强者，要么是干出来的，要么是打拼出来的。

※ 要强，可以使个性张力大于本体。而坚强是生发于本体的意志，不受外界任何因素支配。

※ 如果你的能量还不足以改变别人，那就要倾注全力首先改变自己。

※ 指责别人是最简单的事儿，但要做到不让别人指责却是最不简单的事儿。

※ 所谓道德，就是良知自我审判后，能够把欲强加给别人的诸多要求和约束，用来自觉地捆绑自己。

※ 宽厚待人靠肚量，谦虚对人扩容量，老实做人增重量。

※ 被嫉妒是因为你只比别人强一点点。如果你能站到"一览众山小"的高度，那么"会当临绝顶"处的目光，一般都在仰望。

※ 利他是一种品质。利他者必须是具有能量的强者。

※ 正确的发展模式应该是不求做大，先求做强；做强之

后，再去做大。

49. 真理会在错误碰得头破血流时露面

※ 因为真理是无穷的，人才追求真理。当你认为找到了真理的时候，它就把自己演化成常理了。

※ 真理不显露真身，真理视绝对论为死敌，它的信徒是追求。

※ 当错误前来敲门时，千万不要把门堵死。因为真理自信，从不往前抢，它总在错误碰得头破血流之后才肯露面。

※ 喜欢一个东西容易，明白为什么喜欢真不容易。

※ 胡思乱想也是一种思想解放；思想解放可以找到真理，也可能陷入谬误。

※ 思维异于常人才能超越常人，否则只能做常人。

※ 无路可走的时候路就出现了，因为求生的本能可以帮着人绝处逢生。

※ 当你开始不讲理的时候，真理一定握在别人手里了。

※ 当越来越多的人在背后议论和指责你时，要么是你错了，却拒不认错；要么是你对了，实践还没有出来为你作证。

※ 很多人这么做，有可能是一种习惯，并不代表其就一定正确。

※ 这个世界上永远有正确，但没有永远的正确。

※ 有了智能机器人，生存条件艰苦、环境恶劣的无人区就不再让人望而却步。因为它们可以做到越是艰险越向前，在哪里都能吃苦耐劳、不计报酬。

※ 争辩是讨论的一种方式；争辩不是狡辩或诡辩；争辩不仅要在争议中辨明道理，还要吵醒真理。

※ 所谓讲道理，就是谁有道理就听谁的。

※ 能被谎言和谬论咬牙切齿撕碎的一定是真理。

※ 不要怕有不同的声音，争辩就是明理的过程。

※ 说每临大事有静气是有道理的。突发的事儿，从起始到终结，其间会有意想不到的起承转合和瞬息变化；没有现成的处置方案和应对办法，一切都须相机应对和处置。有些

做法当时看是对的，下一个环节可能导致新的问题；有些做法当时看是错的，但实践验证它又是对的。所以在事件发生的过程中不要自作聪明地先下结论。否则，你肯定的，可能被结果否定；你否定的，恰恰又被现实翻个烧饼。所以不要性急或冲动，痛定思痛和事后诸葛亮是两回事儿。

※ 成功往往是在失败之后，再锲而不舍地努力一下。

※ 意志的绝招就在于不撞南墙不回头，其实彻底死心，也是一种胜利。

※ 真话说出来往往得罪人，但得罪人的话恰恰是有分量的。

※ 正确的抉择来自对多种意见的筛选，因此固执己见的人，就等于自己拔了自己的网线，很难有正确的主见。

※ 潮流，来势迅猛，所以容易迷失；趋势，潜移默化，是由规律做向导的走向。

50. 萤火虫从不认为自己比星星渺小

※ 人生有许多要过的关卡，有时自信是最管用的通行证。

※ 如果自己耐力好，就不要怕人比你跑得快，因为你可以比他跑得长。就像有人只活到 30 岁就让其人生充满了精彩，而你能活到 90 岁，就有机会多创造几轮精彩。

※ 不要小瞧自己，你是父母最得意的原创，也是自己永远的塑造者。

※ 从经验积累角度看，老是本钱，给人佩戴了资历的勋章；在年轻人眼里，经验和阅历是无法透支的，所以不要以老作退却的借口。

※ 老，是岁月给你的加持。你有过无与伦比的靓丽、帅气，现在又有了年轻人装不出来的气度和优雅。

※ 阅历，是一个不说话的老师。阅历，没有手，却把时间一点一点掰碎。面对一地杂芜，要抛弃糟粕拣起金子的只能是你自己。

※ 每个人都有自己的春夏秋冬。有的人生似蜡梅，有的人生似桂树，有的人生似昙花，有的人生似松柏，所以不要强求一律。你占了枝叶长青，可能就少了悄然花开。

※ 太在乎别人的看法，成了习惯，就会变得看人眼色行事。

※ 心是自己的，头脑也是自己的，所以能捆绑自己手脚的一定是自己。

※ 自信，就是把别人的态度视为别人的权利，始终保持一种大家都在起跑线上起跑的心态。

※ 自信这事，作为一种个性，最容易被别人翻译成自大。自信是内力，自大就会招来阻力。

※ 是的，萤火虫离得近，星星离得远。但萤火虫只在一定的时间一定的地方出现，而星星一直在天上睁着眼，选择最黑的时候来看你。

※ 你长得和世上所有人都不一样，所以做什么也要和别人不一样。惯常的说法是，自己要有自己的活法。

※ 只要脚还跟着你，这个世界就没有末路。

※ 面对打压时，要把自己当作充气的皮球。

※ 站在巨人的肩膀上，如果只是为了给自己一个高度，就会让自己显得更加渺小。

※ 看月盈月亏，更明白一轮皓月和一弯月牙儿都是风

景。所以不要被世俗的看法左右，自己和自己过不去。其实胖和瘦都可以成就独具特色的美。

※ 你真正走投无路的时候，才能找到属于自己的路。

※ 自信不是做了错事儿满不在乎。自信是对自己做事的把握胸有成竹。

※ 跟着感觉走，是在为自我而奔波。跟着信念走，就是在为超越自我而奔波。

※ 无论什么样的美味佳肴，离了那一点盐试试？这就告诉我们：作用没有高低贵贱之分；一颗螺丝有一颗螺丝的领地。所以做人不要瞧不起人，自己更不要瞧不起自己。

※ 真正的牛，不是我的东西得到你认可，而是我的东西你不得不认可。

※ 有不同的看法，才会有思维碰撞后的辨识和出新。若只允许相同看法存在，要么鸦雀无声，要么于无声处酝酿惊雷。

※ 真到了要躲雨的时候，才发现自己就是自己的屋檐，因为屋檐一定是要你用自己的眼睛去找到的。

※ 蚯蚓无手脚，也无金刚钻，它能在泥土中钻行，只一个念头，别无他求。

※ 我不能决定谁会闯进我的视野，但我有权利闭眼，或者选择视而不见、熟视无睹。

※ 不要去张扬个性，但一定要努力做到我就是我。

※ 做人不要任性，但要有自己的个性。个性是一个人的logo。

※ 自信是有条件的，自信是被自强一步一步打造出来的。

※ 每个人在世上都是独一无二的，所以说要珍惜自己；但也不要瞧不起别人。

※ 人都会有闪光点，别人可以点拨，但自己一定要甘于在付出中发光。

※ 让你感觉到自己丢了人的人，要列为你赶学的对手。对那些嘲笑你丢了人的人，则可以从对手名单中剔除出去。

※ 说天上有神，因为那里是人去不了的地方。凡有人居住的地方，只有神的传说，没有神。

※ 人嘴两张皮，每个人都会被编写出无数个版本。若想修订，最有效的办法就是按自己选定的方式去我行我素地活。

※ 人的一切成功都先发于勇气。勇气可以扶着自己的想法走出第一步、第二步、第三步……勇气，是领着人走向成功的一只手。

51. 起跑线不是决定输赢的地方

※ 很多家长都想让孩子赢在起跑线上；但起跑线毕竟不是冲刺点，所以至今没有见过赢在起跑线上的冠军。

※ 就因为人生的最终结局一样，所以活法一定要和别人不一样。

※ 起点不是决定输赢的地方，过程才决定你到终点时的位置。

※ 如果孩子真能赢在起跑线上，那些苦读的硕士、博士该做何感想。

※ 真正的累，是无目的所导致的无秩序性忙碌。

※ 说万事开头难，是因为开头离终极目标太远，所以迈出的每一步都是再一次开头。

※ 大象一身力气，但无论如何努力，也不可能爬到一棵树上去。这是用不讲道理的事例告诉我们：不能简单地否定天赋。

52. 健康才是一个人此生最大的福利

※ 任何时候都不要用健康去换取身外之物。赚了一堆的钱，人病了，买一堆的药，和食欲半毛钱的关系没有。

※ 身体好时，钱是用来花的。一旦失去了健康，钱是透支过来用另一种方式烧的。

※ 健康才是此生最大的福利，而且要靠自己去为自己争取。

※ 健康不能当钱花，但花钱买不来健康。

※ 只要健健康康活着，就说明上帝还给你留有机会。

※ 为了骨感去减肥是自虐；为了健康去减肥才是自爱。

※ 安眠药是有副作用的，而劳动和努力的工作可以为你制造最舒适的枕头。

※ 注意保养，人总是老样子；不注意保养，人就会样子老。

※ 食物是用来养命的，但食用不当又会给生命造成伤害。

※ 养生不是长生不老，而是要把生存时段活得生机勃勃、有质有量。

※ 舍不得为自己的健康做投入，这钱，弄不好就成以后去医院用的预存支出。

※ 健康不仅是一个人真正的财富，它还决定一个人有没有资格去消费其他的财富。

※ 自己笑、自己乐，是最好的保健品，根本不用花钱买。

※ 休息，就是给自己明天所要耗用的精力充电。

※ 健康一旦出现故障，天大的事儿都会变成小事儿。

※ 养生是让人活得有质量，并不能决定一个人能活多久。

※ 真正能让你托付终身的，只能是自己的健康。

※ 健康是生活给你的最大福利。

※ 健康是一种最具长远性的投资。

※ 对于自己说不清楚的，要么说不知道，要么闭嘴。

※ 有效预防，是最低成本的医治。

※ 养生的目的不是让人不老，而是让人老了还能活得有质量。

※ 严重病痛的出现，如果不是给一个生命敲丧钟，那就一定是敲警钟。

※ 让自己活得健康乐观，就是自己代表上帝给了自己一份最实惠的礼物。

※ 养生不可能让人长生不老，但力求让人活得有质量。

※ 体检若从字面上释解，应该是，自己的身体就是最敏

感的自检系统。人体的自我检测是随时随地的，不适即是自测反映。

※ 若真有护身符，它只可帮你抵御外来的侵害；而本体的健康，得益于自己平常的保养，是神无法干涉的。从这个角度讲，好的生活习惯，就是自我健康的护身符。

※ 矛盾的简版解说即生死。病毒和细菌侵害的主体是你，但免疫力誓死捍卫的主体也是你。所以活在矛盾中，无矛盾即如逝者。

※ 因为劳累，小憩和休息才成了人生的一种享受。

※ 饮食养生的根本，是满足五脏六腑健康的需求，而不是满足舌尖和眼睛的感官需求。

※ 那些山里的乡亲不懂"卧则血归于肝"的道理，但夜深时，他们却从一点点熬短的灯芯上发现生命也这样；熬到极处，就日见憔悴、摇摇欲坠。所以他们摸索出了日落而息的生活方式。

※ 从生存环境和生命保护角度看，食品安全应该纳入日常性社会治安管理的范畴。因为生命安全被侵犯的方式、手段虽然不同，但结局一样。

※ 赚钱是有成本的，因为钱也在赚你的精力。你可以赚很多钱，可你花再多的钱也买不回逝去的年华。

※ 土里刨食，是用命养活自己；上了病床，是命用你养活别人。

53. 有时我们的敌人恰恰是自己

※ 人若能在内心与自己对峙，此生就没有多余的敌人。

※ 就因为一直想弄明白自己为什么总错过机遇，结果一次又一次被机遇错过。

※ 越是优秀的人，越容易被自己的优点所绊倒。

※ 别人看不起你，只是外在的看法。自己看不起自己，就是内在做减法。

※ 昧着良心一味作恶，就是自己对自己动手，把几世修下的福报根基一锄一锄挖掉。

※ 平衡可以趋稳，稳的基本态势是不动，不动就会慢慢地泯灭活力。

※ 人有强项，但没有绝对的强项，至锋易折。正如我们评价一个人：你的优点是聪明，你的缺点是太聪明。

※ 自己亲自结束自己的生命，是有悖轮回之理的。就像灯，可以让油燃尽，却不能自己吹灭自己。

※ 殚精竭虑去做自己不具有天赋的事，就等于用自己的劣势去验证事倍功半的正确性。

※ 坠落的方式很多，但最要命的是妄自菲薄，最悲催的是自我沉沦。

※ 总在原谅自己的人，别人就很难原谅你。

※ 偏激或偏执，会使一个人永远活在剑拔弩张的生存状态之中。

※ 总同情自己，就等于同意别人将来可怜自己。

※ 相信，是放弃思想不肯动脑的人最容易做也最擅长做的事。

※ 谁都不愿承认自己有贪心，包括那些贪得无厌的人。

※ 人心不是纸，却比世间所有的纸都厚；人心不自己敞

开，谁也捅不破。

※ 比，可以缩短与人的差距。攀比，则可能导致自己心理出现落差。

※ 更多的时候，我们的敌人就是自己，而且常常把自己打败。

※ 家，是日子使用的容器。家如果乱糟糟的，当家做主的人就等于把自己打理成了垃圾伴生体。

※ 做了再多的事儿，没把人做好，就是个失败者。

※ 面对难题不敢向前，就等于自己承认自己不行。

※ 不参与，永远就是个观众；不会是输家，也成不了赢家。但就人生而言，成不了赢家，实际就是输家。

※ 饥肠辘辘时，人只有一个念头。肠肥脑满之后，什么想法都来了。

※ 生活就是过日子，弄得好叫自我折腾，弄得不好叫自我折磨。

※ 不能 KO 掉小自我，就很难赢自己的对手；因为你时

常要一心二用。

※ 不把胆怯和懦弱埋进坟墓，就很难做顶天立地的英雄。

※ 成功被人妒忌，失败了被人嘲笑；若居于成败之间打晃晃，就等于被忽视。

※ 人越发强势护卫自己的时候，越说明自己已经失去了自信。

※ 知道没有救世主，但有些人还是指望遇上贵人。

※ 不少交通事故都生发于自我魔咒，就为了抢先那么几秒钟，结果真的就抢先去了自己原本不想去的地方。

※ 丢失自我的人，往往是因为面对诱惑时不能主宰自己。

※ 小心眼、不容人，等于是自己在自己心里放置了一块结石。

※ 你处事过于斤斤计较，这世上的很多事就会和你较真。

※ 等待者的生活经历比较简单：和时间告别，和衰老握手。

※ 心窄了，走再宽的路，都会感觉有人和你过不去。

※ 学会在夹缝中生存，等于在委屈中折磨自己，所以真正应该学会的是从夹缝中脱身。

※ 谁都不想自己被打败，所以自己最强大的敌人就是自己。

※ 活得太累就要拷问自己：不该较真的是不是太较真，应该放弃的是不是舍不得放弃？

※ 一个从没犯过错误、也从不得罪人的人，可能是好人，但一定不是能人。

※ 总希望爱是永恒的，经历了以后才知道这事儿说说容易，做到真不是那么容易。因为我们总是在要求别人，而从不要求自己。

※ 心不做主，嘴是不负责任的。比如健康是吃出来的，不健康也是吃出来的。

※ 免疫力是位医术高明的贴身医生。免疫力能否尽职尽

责，在很大程度上取决于自身的行为习惯。

※ 要学会用不断反省给自己的心打扫卫生，这样才能做到出淤泥而不染。

※ 一匹痴心等待伯乐的千里马，在马厩里过了一生。

※ 心如果不坚强，放在哪里都容易沦为弱者。

※ 有时落在后面不是因为你走得慢，而是因为你总停下来看有哪些人比你走得慢。

※ 不知道转弯的人，是在没有巷子的地方钻死胡同。

※ 就因为自己一直管不住自己，所以才理所当然地被别人管。

※ 有些人太相信自己的智商，然而很多失误和败笔都是因为忽视了情商。

※ 有的人能力无可置喙，但其为人却一直在给自己的人品打折。

※ 大病一场的人会明白，敌手面对面，但隐藏在自己身体里的杀手最难防。

※ 一个不敢承担风险的聪明人，很容易成为四平八稳的平庸者。

※ 因疑心而防备，也许是自我保护；因疑心而猜忌，就有可能自我拆台。

※ 在背后说别人这也不是那也不是，其实就是在曝自己最大的不是。

※ 做不了自己的主宰，命运就会被生活宰割。

※ 当机器人取代了人的一切功能之后，人本身就面临着非常尴尬的境况：或尸位素餐，或自觉禅让。

※ 狗的叫声能吵醒酣睡者，也能唤醒早起的赶路的人。

※ 竞争始终有两个对手：一个是强劲的竞争者，一个是懒惰的自己。

※ 如果觉得日子好混，就一定混不出好日子。

※ 借口是用来搪塞别人的，但结果往往把自己敷衍得捉襟见肘。

※ 生和死是规律拍板的定局。但有的人把生活成了死，有的人却把死活成了永生。所以定局当中会有不同的棋局、布局和格局。

※ 只看眼前，不看远方，人走不远；只看远方，不看脚下，肯定要绊跟头。

※ 有人看见天空下万物花开，有人只盯着阳光下一个个阴影，即所谓境由心生。

※ 方法不对，真的会白费很多力，白吃很多苦；结果很客观，劳而无获。

※ 看谁都不对眼，皆搞成冤家对头，但最终被否定的一定是自己。

※ 吹牛和吹气球一样，越起劲，吹得越大，越容易被戳破——有时不戳自破。

※ 期望可以有，但不能让其化为一种依赖，否则失望这家伙就会接踵而至。

※ 动物般放纵欲望，很容易堕落成被私欲或情欲支配的信马由缰。

※ 对年轻人的新锐和前卫看不惯，其实是我们自己的观念和思维已趋于保守和落伍。

※ 想满足所有的人，你会把自己折腾得面目全非，然后一无是处。

※ 现实中离你最近的人是自己，所以最容易打败你的人往往是自己。

※ 和别人比来比去，等于自己把自己的情绪忽悠得起起伏伏、自怨自艾。

※ 人应该有格局，就是心里始终要有一盘棋，要想得远，要大处着眼，要取舍有度，特别是谋篇布局不要被小我左右得得陇望蜀、锱铢必较。

※ 至暗时刻，不是夜黑到了极致，而是人背离了光明。

※ 在征服自我的过程中不断取胜，人才不会落入失败。

※ 态度不决定一切，但会影响你所做的一切决定。

※ 可以和别人比，但要用以校正自己；否则就成了攀比或妒忌。

※ 有一手好牌，并不等于你可以打出一手好牌。

※ 追随一种思想，有可能成为信徒，也有可能成为探索者；追随一个人，有可能成为弟子，也有可能成为走卒。

※ 不肯用一生的精力去生活中打击出自己所要的生命火花，所以一生都被生活所打击。

※ 该拒绝的不拒绝，就是自己在给自己承接麻烦。

※ 其实没有冷漠的世界，只有冷漠的人。说世态炎凉，其实是说人心冷热叵测。

※ 太在乎自己，人会变得自大；太在乎别人，人会变得自卑。

※ 不能主宰自己的意志和毅力，就会被徒有虚名的进取折腾成一个实际意义上的破产者。

※ 真想有面子，必须不顾面子。

※ 能读懂那些开慧明智的"心灵鸡汤"，并不等于你的人生就只会看见别人成为落汤鸡。因为，许多事情说起来容易，做起来难。

※ 太在乎别人的看法，就等于在给自己的活法出难题；结果是给无端的苦恼做加法，给自己内心的愉悦做减法。

※ 不要背后议论人，这是一种朝镜子吐口水的解气方式。

※ 不伤别人，却恶心自己。要学会用心知肚明做自己的盔甲。

※ 乘人之危其实是给自己的人品落井下石。

※ 学会原谅是对别人的宽容，指望被原谅是对自己的放纵。

※ 一个人对别人极度苛刻的时候，其实就是和自己过不去。

※ 背后中伤人是有现实功效的，首先严重伤害他人，最终也会自作自受地伤害自己。

※ 打败了自我这个最自私的敌人，走到哪里你都会有朋友。

※ 总在指责别人的人，其实是在不遗余力地暴露自己内在修为的浅薄。

※ 重感情、讲义气不是缺点，但为感情和义气去牺牲原则和底线就成了错误。

※ 计较，就是抓住别人的无意过失不放，非要给自己制造不开心。

※ 不要谋求所有人都站在自己这一边，不论自己在船头还是在船尾。

※ 若想有退让，或达成妥协，最好是一对一沟通。如果旁边有人坐山观虎斗，面子就会唆使他们咬着牙死撑，个个得理不让人。

※ 有的人活着，人们在心里已经替他修了一座坟。

※ 有时，网开一面，其实是给自己留下一条活路。否则有可能出现一种状况：置于死地而先死。

※ 欺骗我，是你的卑鄙；被欺骗，是我的愚蠢。

※ 猜忌，就是用小心眼折磨自己，疏远别人。

※ 清高是一种处世的姿态，但不是谋事的方式。

※ 讲别人的坏话，往往坏了自己的好事儿。

※ 被人欺骗是一种悲哀，自己欺骗自己则是一种悲惨。

※ 乏味，就是别人的耳膜早已关门谢客，自己的口水还在滔滔不绝、口若悬河。

※ 多话聒噪，使人耳生茧；寡言讷语，使人心生锈。

※ 总在挑剔别人这不是那不是的人，自己本身就是一根刺。

※ 讥笑别人的短处，其实是在暴露自己的短处。

※ 立志很容易，所以在落实意志时很容易打退堂鼓。

※ 改造自己是件很难的事儿，所以有些人就特别热衷于改造别人。

※ 不懂得宽容他人，就是让小心眼和自己作对。

※ 不要苦恼于你会被别人当成傻子，真正的苦恼一定来自你经常把别人当傻子。

※ 都看重人品，都想这辈子多遇见人品好的人，但都忽

视了怎样把自己变成别人想遇见的人。

※ 莫在背后道人不是，被说的人毫发无损，你却在给自己的人品打折扣。更糟糕的是，在旁边听的人从此开始提防你。

※ 用有毒的眼睛看别人，指指点点、说三道四，时常忘了自己也在走路。结果，一块和他无关的石头乘机作怪，绊倒了一个一心琢磨别人的人。

※ 造谣或中伤他人，不管出于什么目的，总有一个目标肯定可以马上实现：即自己把自己归于小人的行列。另外会有一个附带成果：用卑鄙给自己的灵魂打上见不得人的烙印。

※ 有时迷路，不是因为路出了岔子，而是因为一直不肯开口问路。

※ 很多时候上当不是因为别人狡猾，而是你认为自己比别人聪明。

※ 过于在乎别人怎么看你，就会慢慢地丢失自己。

※ 自然可以不要人类，人类却一天也离不开自然。问题是人类始终把自然的重要性偏执地理解成为我所用。

※ 人类拿各种动物做试验，而人类研发的科技成果又拿人类本身在做试验。这样看科技是双刃剑，人类相当于萧何。

※ 在实验室拿白鼠做临床试验时，我们是否应该想一下：科技发展到今天，地球本身成为一个大实验室。面对各类新的产品和新用品的问世，我们每个人既是享用者，同时也是临床试验者。

※ 分析一下那些触犯纪律和法规的人，大都是自己为了自己，结果却把自己打败了。

※ 手机对专注力的垄断，已对低头族的颈椎造成致命性破坏。加之光源刺激的非强制性专断对兴奋神经的诱惑和转移，将使大脑支配行为的各类指令遭受梗阻。人类自然进化中所形成的生物机体的协调性，将自毁于专注力的迷失。

※ 细想或许会明白，在现代社会条件下，若用有些方式攻击别人等于攻击自己，一定是新版的"搬起石头砸自己的脚"。因为现在地球是平的，我们叫它"地球村"，新的概念称作"人类命运共同体"。资本流动、交通流动、信息流动、人才流动、商品流动，不可能不往来，谁也离不开谁。大面积的生化攻击除非极度精准定位，若用粗放的方式，等于杀敌一千、自伤八百。

※ 机器人不可怕，可怕的是操纵机器人的人相互斗法。

而斗法中的聪明和手段，被拥有云计算和大数据武装的机器人综合掌握并使用，从而导致斗法的人皆操纵失控。

※ 若一味追求享受，科技进步的速度和人惰性的增长会成正比。

※ 许多时候，成功喜欢滋养骄傲，而失败擅长培育出坚强。

※ 起先是支付宝忙，现在是购物车忙，越来越多的实体店哭丧着脸。

※ 富足的时候，人容易想着去享受什么；困苦的时候，人就会想着去改变什么。

54. 抗压能量有时由人的心态决定

※ 心态不能改变客观现实，但能改变客观现实的某些作用力。

※ 成功不都是鳌里夺尊，更多的时候，有满意的结果就是成功。

※ 生命需要营养，但过剩的营养会培养出伤害生命的另

一种生物。

※ 调整好心态，既可以让自己信步登高，也可以随处拾级，让自己下台阶。

※ 心态没有肩膀，但抗压的能力由心态决定。

※ 成功了，要允许别人妒忌。妒忌这种心态，也是别人的权利。

※ 破产可以解释为破落，也可以解释为置之死地而后生。

※ 不管今天的太阳出不出来，自己的心情一定要阳光灿烂。

※ 生活本身就是诗。想象、浪漫、意境、欢喜皆出于自身的感受。而感受除了直接的生活体验外，还取决于自己对生活的态度。好心态才是既不用花钱，又无任何副作用的保健品。

※ 看戏的永远比唱戏的多，所以做事就不能在乎别人挑刺儿。同时要明白：能看你的戏，说明你在他心里是个角儿；能挑你刺儿，恰恰说明你被他们所关注。

※ 把苦当作生活中的一种滋味儿，苦中作乐就是一种幸福。

※ 很多时候，一个人的惬意不是因为他比别人富，而是因为他不去攀比。

※ 乐观的人就算重重地摔个跟头，也会认为土地真好，稳稳当当接住了自己。

※ 不要以为骑自行车掉价；这是专车，方便实惠，还捎带着用很生态的方式锻炼自己。

※ 所谓豁达，其实是无奈这家伙想开了，换了个难得糊涂的活法。结果睁眼一看，四周一马平川，真是个白茫茫大地好干净。

※ 有些东西你不去在意它，就变得无所谓了。

※ 对有些诽谤，以置若罔闻的姿态对待，它就是落在地上的一口脏痰，不过是本身恶心，又把人恶心了一下。

※ 岁月不会老，老的是熬不过岁月的那颗心。

※ 老或者不老由身体说了算，我只负责把每一天都过成自己最年轻的一天。

※ 笑不累，由着性情释放出开心的表情。哭复杂，释放完性情，还要给眼泪和鼻涕卸妆。

※ 世上的事儿，不是大肚能容，而是大度能容。

※ 心是替人做主的，有了好心态就等于有了好日子。

※ 减持敏感心理，让神经大条一些，就可以躲过很多不必要的多心、猜忌和计较。麻烦也会因此给你让道。

※ 对于在背后诋毁你的人，最好的方式是很从容地将其扔在身后，就像你替今天早晨抛弃昨天积存的垃圾一样干脆利落。

※ 养生的关键，不在于贫富状态，而取决于处世的心态。

※ 对于在餐桌上的螃蟹而言，阳澄湖是提升自身附加值的圣地。湖也有层次：湖牛，里面的螃蟹也就水涨价高，一般湖里的螃蟹"水豪"混进阳澄湖洗个澡就成了大闸蟹。对此，一些把螃蟹养成初级生命的输出地，就有一种被冒牌被剥削的不快。其实应该让自己想通，人家殚精竭虑打造了一个品牌就应该享有品牌效应，这是竞争法则。你借梯上楼也不吃亏，因为贴牌获得了利益均分或共享。用效益观权衡，

双方都在赢牌，只是赢多赢少而已。

55. 灵魂一般不会让人看见它

※ 有时，胜利和失败并无对错，它只是历史走路的一种
方式。

※ 徒劳，若以诗意表达，应该是众里寻他千百度，笑语
盈盈暗香去。

※ 眼睛给人的是视力，眼界给人的是视野。

※ 不让前人是为追，不让后人是为狭。

※ 历史会在一定的时候用巧合把必然和偶然牵在一起，
于是就有了天作之合。

※ 正史和野史只是记载的层面、方式和角度不同。关键
在于人心归向，人心认定的才有资格永久标榜于青史。

※ 樱花纷繁，孤独地开。不是玉人葬花，而是花凭吊已
经故去的人。

※ 抬不抬头，天空都有那么多星星，像一只只朝下张望

的眼睛。所以做事要对得起自己的良心，不要以为天不知、只有你知。

※ 水是平淡的，人一天离不开；空气是无味的，人须臾不可缺。所以说平淡是真，也是真理。

※ 人一旦落难，就成了测定世态的试金石。

※ 沟通，就是善于在倾听中，找到与对方交流的切入点，并用情感在彼此间铺设一根看不见却可以实现有效交流的传感"光纤"。

※ 有约束，人才能体会到什么是自由。因为约束度反衬出自由度。

※ 人们赞美的那些美丽花朵，在蜜蜂眼里，只是劳动时必须要去的场所。

※ 预料是主观想法，但世上的事往往出人意料。结果未发生之前，什么都可能发生。

※ 岁月就是一块橡皮，很多想要留下的东西，都被它无所顾忌地擦去了。

※ 灵魂比神更神秘；神一直躲避人，灵魂一直支配人。

※ 灵魂一定是不穿衣服的，但灵魂绝对不会让你看见它。

※ 真正的公正，是面对事实能够坚持实事求是。

※ 说天堂远，是因为没人从那里回来过。说天堂近，是因为走的人一口气不喘，就去了。

※ 兴趣，是潜藏在一个人身体里的灵魂导师。

※ 癞蛤蟆把嘴张得再大，也不可能吓退耕田的水牛。

※ 真正负责任的人，是把责任当作使命的人，所以不会推诿。

※ 只要把脸朝着太阳，阴影就只能可怜兮兮地跟在你的身后。

※ 为事业发展去抓机遇是强者，为个人私欲去谋机会是小人。

※ 思想若是自由的，被绳索捆住的只是躯体。

※ 能把公益的事、他人的事当成自己的事去做，这样的

人才能进入任劳任怨的境界。

※ 做事有分寸的人，一定是善于把握火候并懂得换位思考的智者。

※ 就因为眼睛里住着春天，怎么看，满世界都是桃花。

※ 理智，就是逼着自己去适应现实存在，但不丢失自己的创造能量。而不是受情绪操纵，非要不会低头的现实存在曲从自己。

※ 真正的闲暇，不是没事做，而是把该做的事儿全部做完，然后坐下来松口气儿，让劳累的身体体会一下什么叫惬意。

※ 即便精心种养的花，也不是专意为你开。让她情有独钟的一定是春天。

※ 上帝之所以从不露面，就是摈弃追随者，让每个人相信自己、依靠自己。

※ 无耻，就是一个人的良心变得极其下作和不要脸。

※ 都一样活着，有些人却总认为不公平。因为他们要追求的公平是让每一个人活得和别人不一样。

※ 神的魔力在于莫测。永远见不到其施展的能量，传说就可以任意夸大它。结果，无以验证的，也就无以否定。

※ 把知识装进大脑，就是可以跟随自己行走的学问。

※ 一双脚是用来走路的，但怎么走绝对不能任由脚去自作主张。

※ 点击率只能证明手指按了一下，它不代表一颗心真正睁开了明辨是非的眼睛。

※ 眼见为实，是眼睛坚信的理论观点。大脑从来不相信这一说法。

※ 有三件事儿每天必做：打扫一下精神上的郁闷和不快；收拾一下情绪里的烦恼和杂乱；检点一下内心的修为和良知。这样就可以一心一意地做人了。

※ 智者总感觉自己笨，弄不懂这个世界，所以永远是睁着眼睛看这个世界的人。

※ 磨合的落脚点是形成默契合作；而不是抱团不取暖，却把双方磨得筋疲力尽。

※ 把握分寸就是拿捏得准，点到为止，恰到好处。

※ 无心插柳柳成荫是碰巧，也是必然。信手一插恰好地下有水是碰巧，因此活成一片绿荫是必然。

※ 规律有必然性，就像太阳不是每天都会出来，但明天、后天或大后天它总会出来。

※ 公鸡是因为太阳快出来了才叫的；但一些人却一直认为，公鸡打鸣了，太阳才会出来。最要命的是，偶然和必然也常常因此而公说公有理婆说婆有理。

※ 一朵鲜花插在牛粪上，牛粪反复解释：我不曾有任何非分之想，是那只折花的手难逃罪过。

※ 栀子花被一只自私的手折回家，居然忍着痛把馨香布满整个房间。手是突然抖的，被一种弱小的宽容大度所震撼。

※ 现在走在同一条路上并不等于我们志同道合，因为去往的目标和岔路口都在远方。这就应了古人的话：有难同当，不等于有福同享；有福同享，也不决定有难同当。

※ 对他人的遭际幸灾乐祸是一种病理心态。因为灾祸我行我素，你不知它下一个又会盯上谁。

※ 活明白了才明白，在梦里牵一个人的手和在墓地里牵一个人的手是一样的，没有温度。

※ 给思想设限，等于给创造力加了一把锁。

※ 生活总是大咧咧的，没有任何彩排，这其实昭明一个道理：人算不如天算。所以让自己简单一点儿，因为无论你打理得多么精细，下一刻的棋局总会出人意料。

※ 善恶咎由，一颗心可以领着人去天堂，也可以领着人去地狱。

※ 走的地方越多，经历越复杂，就越觉得自己渺小，且没有见识。

※ 要想拥有美好的人生，先要拥有美好的人生观。

※ 一哄而上的东西最容易昙花一现。如潮涨潮落，来得快，去得也快。

※ 自由可以是自己的自在，但不能妨碍或伤及别人的存在。

※ 你闭上眼睛，并不等于这个世界不存在了。如果你永远闭上眼睛，这个世界只是你不存在了而已。

※ 说笑比哭好，是因为笑不怕被人看见，哭一般要躲着人落泪。

※ 看似对牛弹琴，其实是自己在忘我地练琴，这就是纯音乐人的至高境界。

※ 终于什么都有了，回头才发现已经把自己弄丢了，许多向你微笑的人，其实已经把你视为陌生人。

※ 能无条件相助，是真帮你。凡附加条件才肯出手相助，就一定包含有其他目的。

※ 近的时候是心和心说话，远的时候是心和心被一种挂念牵着。

※ 说知音难觅，就是想要碰到一个能够真正读懂你、你又愿意把他当书去读的人很难。

※ 活着真不容易，容易的是两眼一闭之后。

※ 正因为人心有真有假，才可能让不会睁眼的心一点一点学会识别。

※ 想法是最具有自由性的，好的办法或卑鄙的做法都来

自于想法。所以不要绝对地说自由好，或者不好。

※ 想明白了，人才能活得明白。

※ 默契，是不用声音表达的合唱。

※ 只要心是你自己的，这世上就没有谁能束缚住你。

※ 自己爱自己是一种本能，让自己不认识的人爱自己是一种本事。

※ 对待冷漠的最好方式是学会转身。后来发现，之前眼里装着一个或一群人，现在面对的是前方。

※ 把他人的困厄搁在你面前，让同样处于困境的你出手，助人一臂之力，这叫雪中送炭。如果你还为此遭误解甚至吃一些哑巴亏，这一定是上帝赐予的善缘和提升自身品格修为的机会。此时面临的得失其实决定着一个人此生真正的得失，高尚也就在此刻撞见了大拇指。

※ 倾听，不是你讲话就要别人聚精会神地听，而是你讲时，人家的心会自觉地竖起耳朵仔细听。

※ 对背后射箭的人谁也不会请他到心里做客。

※ 诤友之忠言不顺耳，若你耳顺待之、处之，其恶果自消。如果只求耳顺，以逆心待忠言，诤友所言则得顺势，终成你扎心之事；可悔！局已定，无可逆转。

※ 掏心窝子说话的人越来越少，倒是城市的马路不厌其烦地以各种方式不断敞开心扉。

※ 智商和市场对接可以带来机缘，情商和友谊对接可以带来人缘。

※ 情面是情感藏进心里长成的一张脸，极薄，极其自珍，不到万不得已不肯撕破。

※ 人走茶是要凉的，若不凉，一定是茶还有被熬的价值。

※ 在背后夸你，是发自内心的赞许。而当面说你好，大都是以讨好为目的的奉承。

※ 不要祈求别人都懂你，因为你的心不是书，永远不可能拿出来给别人读。

※ 人际交往中功利性如果大于情趣相投，时间会无理由地变长，疲倦也会无需条件地油然而生。

※ 与人交谈时，你的眼神就是态度。

※ 真正难得的不是糊涂，而是揣着明白不装糊涂。

※ 能设身处地地将心比心，你自然就学会了体谅。

※ 让你讨厌的人，要么是他真有毛病，要么是折射出你自身存有的毛病。

※ 把羡慕或妒忌别人的那份精力用来经营自己，才是有收益的投入。

※ 有的人对你好，并不一定是喜欢你，他可能只是看中了你这里某种对他有用的东西。

※ 看看广场上那些跟着乐曲起舞的人，突然明白，美好的音乐没有权力，却可以用自己的方式轻松地役使人。

※ 无趣，是对等交流中不显形的电阻。你让笑容和真诚僵化成水泥地板，就等于直接屏蔽和阻碍了另一方初始时的性情活力。

※ 在浩瀚无边的大沙漠捡到一块精密的手表，会想：这一定是人制造的，大自然没有手，造不出这么复杂精密的器件。但你想想人和动物作为生物器件，哪个不比手表更复杂

精密？

※ 从没想过灵魂老化，但科技成果被有些唯利是图的人转化成别的东西的过程太快了。最近，灵魂一再对马不停蹄的我说：先生，慢点儿，时代走得太快，我都跟不上了。

※ 将濒临死亡的人冻藏，寄望于在某个时代再活一次，这想法固然好，但忽视了一个问题，即灵魂与肉体的关系究竟是一体还是寄生的。若是后者，灵魂已脱壳而去，那么冻藏的就是一具碳水化合物，即便可以复苏，也是没有意识的植物人。

※ 人已经想到了修复基因，把生死攥在自己手上。但人还没来得及想，基因链条可能会自动断裂，让修复失之无效。

※ 高档品牌是有强大诱惑力的，但高昂的价格负责教会顾客理智。

※ 猿进化成人，但人由退化而返祖却有绝对的现实版。

※ 自由应该这样诠释：如果你想干什么就干什么，就必须依法依规依道德；你不想干什么就不干什么，当然可以任由自己的意志个性和想法。

※ 空气无须花费。但现在里面的"佐料"指数看涨，购

买口罩和空气净化器等花销可都是明码实价，所以累积起来也算消费成本。

※ 自由不是简单到想干什么就干什么，而是明晰到在法律和道德允许范围内想干什么干什么。

※ 中医的本质是借力发力，通过固元扶本，帮助人依靠自身的修复力健全基因链条，从而祛除病根、病源、病灶。

※ 流水告诉我们：世界是动的，水求活力，就没有绝对公平。但岸和河床是不动的，水顺其导向，就要守规则。

※ 知识来自积累，智慧得自提炼。

※ 放下是有条件的，根本就提不起谈什么放下。

※ 你奉献或创造的价值，就是你人生的价值。

※ 囿于自我，信奉谦受益，是一种自私。出于公心，甘于满招损，是一种付出。

56. 危机的身后可能埋伏着机遇和风险

※ 机会很牛，一般都摸不到门；陷阱很殷勤，会主动送

货上门。

※ 转折点一般都等在穷途末路之处。

※ 舍得舍弃的人，才可能让腾出的手随时去抓机遇。

※ 欲望是一种动力，没有欲望，人会变得消极麻木。但欲望膨胀为贪欲，则会成为可怕的阻力。

※ 别人都在犹豫中错过时，你抓住了才叫机遇。

※ 机会总不来找你，其实就是在等着你去找它。

※ 不要惧怕危机，其实危机的身后埋伏着机遇和风险。

※ 该出头时不出头和该出手时不出手异曲同工，等于自己让自己做了缩头乌龟。

※ 所谓运气，就是机会终于找到了一直碰不到机遇的你。

※ 当你一味地躲避风险，机遇就会三心二意地对待你。

※ 机遇不等人，尤其不等只爱惜羽毛却不敢承担风险的人。

※ 做事不用心，会丢失很多机会；做事太用心，会失去很多朋友。

※ 危急时刻，往往是机遇等待你去三顾茅庐的时刻。

※ 咬定了目标，选择最便捷的路径，才能抢占先机。

※ 机遇撞见胆小怕事的人时，怕耽误时间，一般会绕道走。

※ 患得患失会在精于盘算的瞻前顾后中把自己折腾得犹豫不决。

※ 有苦累缠身说明自己活着。活着就有机会折腾，折腾就有机会改变。

※ 总在后悔当初我怎么不做，不如从现在开始就抓紧去做。机遇往往是在错过之后才知道是机遇。机遇不靠等，机遇靠抢抓。所以要有先见之明，更要有先行先试。偶尔的失败，是实践在帮你刹车调试。

※ 不作茧自缚，就没有化茧为蝶的再生。

※ 市场机遇不是谁都能看到的；如果都看到了，那就不

是机遇。

※ 信息时代，如果学牛顿，等苹果掉下来才有顿悟，机遇早就和别人握手言欢了。

※ 保守者大多是被自私的自我保全所绑架。他们善于以杜绝风险为理由，把探索和创新拒之门外。

※ 可以要求机会面前人人平等，但不要指望机会面前人人平均！

※ 股市说炒股有两大收益：赚钱，锻炼心理承受能力。股市又说炒股有两大风险：你错过机遇，机遇错过了你。

※ 当你抱怨什么都涨，只有股票不涨的时候，就可以买股票了；道理很简单，水涨船高。

※ 谨慎可以让你躲过风险，谨慎也可能使你错失机遇。

※ 机遇和机会的区别在于：一个让努力者得手，一个常常被投机者得手。

57. 理想不付诸实践就是梦的破产

※ 要想梦想成真，就要尽快让自己走出梦境。

※ 梦想，是对梦的反叛，是在醒的时候，以做梦时的驰骋幻想和无羁去勾勒并设定自己的目标。

※ 人应该有梦想，但不能做白日梦。

※ 人最怕有梦想，而且一辈子都在做梦。

※ 谁都不愿承认自己有贪心，包括那些贪得无厌的人。

※ 梦醒了，还想回到梦里去实现自己的梦想，这就叫空想主义。

※ 赶路不是因为路走得舒适，而是因为心里有自己的目的地。

※ 从书本上学的是知识，从别人身上学的是品德。

※ 梦里的东西再美好，也无法在现实中受用，梦里的虚幻总是被醒后的现实击得粉碎；更残酷的是一粒玻璃碴子都

不见。

※ 有好的想法重要，找到实现它的办法更重要。

※ 知道去明日没有捷径，就知道最快捷、最高速的路也不直接通向未来。

※ 理想如果不付诸实践，就叫空想。

※ 成功会向你招手，但绝不会向你走来，所以走向成功的过程叫跋涉。

※ 在生活中找准定位，只是弄清了自己的角色。定位后找准目标，才能使自己走向出色。

※ 生活很现实，谁用玩笑的态度对待生活，生活就用玩笑的方式回馈谁。

※ 要做思考后的行动者，不要做冲动后的反思者。

※ 在人间活着，就别梦想过不食人间烟火的日子。

※ 你在那里空想一分钟，60秒的干活时间就报废了。

※ 等待者的最大收获就是一直在期盼中守在原地。

※ 不要相信沉默是金。把才华赋予自己的创意秘而不宣地藏起来，是另一种贪污。

※ 活着，这世上的一切就和你有或明或暗、或直接或间接的丝缕联系。所以对世事不要置身度外，以冷漠待之；否则仿效开来，各不相顾，生命都可能遭遇冷漠、冷落、冷血甚至冷枪的报复。

※ 做事儿和踢足球一样，临门一脚再用力，踢不进去等于零。

※ 从决定到实现，中间是过程。有些人明白未来是未知的，所以特别仰仗自己的努力。

※ 我们说机会不等人，是指机会不等等机会的人。

※ 说没有过不去的坎是一种鼓励。若不用坚持去拼，很多坎真就是过不去。

※ 产生再多有价值的思想，不能有效地付诸实践，都等于空想。

※ 梦想要有，可以当真，但不要指望它成真。

※ 白日梦可以做，但时间别颠倒。别人在白日里事半功倍地做事；做白日梦的你，只能在夜里郁郁独行去做事倍功半的事儿。

※ 在虚无缥缈的冥想中逍遥到乐不思蜀，突然被暮鼓声点化。幻象破灭，现实鼻青脸肿。神马绝尘而去，天外一声悲叹，尘埃落定。这即是黄粱美梦。

※ 一个天天想着成功的人忘了做事；一个天天做事的人却在无意中成功了。

※ 整天在幻想中放眼世界，回到现实中却找不到自己的立锥之地，这时的体味就叫落魄。

58. 眼里只有钱就容易陷入邪恶

※ 金钱可以使人富裕，却无法使人精神充裕。

※ 如果人生理念是以金钱为中心，就等于把自己当成了金钱的打工仔。

※ 凡是能用钱买到的，都不是最有价值的。

※ 钱眼也是一条胡同，你拼命地赚钱，钱也在拼命地消

费你。

※ 用一堆钱换来的是交易，用一颗心换来的才是友谊。

※ 没有钱的人因缺钱而困苦，很有钱的人因守财而苦恼。

※ 钱可以让人富裕起来，却不能让人高贵起来。

※ 蔑视金钱不能证明一个人高尚，但一个人眼里只有金钱，就会陷入卑鄙。

※ 脑子里想法多了人复杂，肚子里盘算多了心纠结。

※ 对一心不能二用有这样一种诠释：用了心花你的钱，就不可能用心去爱你。

※ 不要显摆你有钱，钱买不来修养。

※ 说人情薄如纸不仅仅是形容，现实中确有这样的人：为了几张薄薄的纸币，真把自己搞得六亲不认；到后来才发现，钱真有本事，能培养出孤家寡人。

※ 不要把众筹当万能钥匙，作为一种谋求共赢的搭伙求财法，应该把它设计成向互利借力的方式，而不是借互力谋

利的技巧。

※ 医生若是单纯为了钱去治病，会导致一种很可怕的状况；本是救死扶伤的人，却用丧失了良心的技术使社会致病。

※ 非法集资者，给你高息，想要的是你的本钱。

※ 钱和权为谋求私利而结伙，就成了盗。

※ 股市用资本围了好大一个院子。在这里，天堂和地狱的距离最近，是居心叵测的邻居。

※ 消费超过了个人使用需求，就转化为一种浪费。

※ 财富这东西可以是奴才，也可以把人变成奴才。

※ 有钱并不代表高贵；如果人被钱役使，充其量是个守财奴。

※ 金钱是流通领域里的天使，但被贪欲改造成魔鬼的人却喜欢拉它来做替死鬼。

※ 钱是要问来路的，来路正，铸就一个人的尊严；来路不正，毁弃一个人的尊严。

59. 有心腹就可能有心腹之患

※ 眼睛毕竟不是 X 光线，不要指望它帮你看透人心。

※ 没钱的人说钱是万恶之源；有钱的人说贫穷是万恶之源。如果调换一下，没钱的人说贫穷是万恶之源，有钱的人说金钱是万恶之源，那么寻求改变会比指责更有意义。

※ 在生活中能出其不意打败你的有时可能是朋友，因为朋友知根知底，知道你的软肋。

※ 真正能够欺骗你的人，要么是你最爱的人，要么是你最信任的人。

※ 能把心交给他，一定是最让你放心的人。但他也可能转化成最伤你心的人，然后让你痛定思痛，让新的选择把眼睛睁大一些。

※ 信赖是双刃剑，它能帮你巩固友谊和缘分；但它也会让你因为轻信的掏心掏肺使秘密落为把柄，从而知道叛徒和小人以子之矛攻子之盾的阴险。

※ 你突然觉得没心没肺的人变多了，就要想想之前是不

是对有些人掏心掏肺地讲多了。

※ 和你一起建造堡垒的人，最清楚怎样才能有效地炸毁堡垒。

※ 不要求知己，心在别人身上，怎么可能知己？只有自己才是你真正的知己。

※ 在你面前诽议别人的人，转过身去又会诽议你。

※ 叛徒一定出在你认为忠心耿耿的人当中。

※ 不要试图看透人心。人心就是个器官，不仅隔了一层肚皮，而且思维这家伙喜静，不会躲在这么一个血气偾张的地方运筹帷幄。

※ 欺骗你的，一般都是嘴上抹蜜、给你预支好处的人。

※ 隐私之所以要留给自己，是因为你所绝对信任的闺蜜、挚友、伙伴绝对不是你自己。

※ 一列火车可以躲开，一支暗箭却十分难防。

※ 电商通过跑量抢占市场，会导致两个后果：使产品附加值遭受沉重打击；诱发贪便宜的超购，本质是资源浪费。

60. 怕吃亏的人往往吃亏

※ 归根结底，这世上除了你自己，没有任何东西属于你。

※ 做事若斤斤计较，那么在岗位的选择上他最适合去拿计件工资。

※ 人生很短，一闭眼就睡了，或一闭眼就长眠了。所以醒的时候别怕流汗，流汗，说明你的生命极具活力。也别怕吃亏，有亏吃，证明你安然无恙地活着。

※ 心简单，就省略了锱铢必较的盘算。认为合适就出手，省略了许多婆婆妈妈的犹豫。出手多，抓住机会的可能自然就多。

※ 甘于吃苦，苦亦不苦；生怕吃苦，终身吃苦。

※ 干活肯出力的人明白一个道理：力气这东西很自觉，用了又来了；省着也不能去换钱，积压多了容易转化成沉疴。

※ 上帝因为给了你一副让人妒忌的好身板，也就会给予你比别人多的挫折、坎坷和苦难。别怨，使命和责任担当也

是搭配供给的。

※ 你不肯跟着自己的脚去跋涉，怎么知道远处还有哪些属于你的风景。

※ 别人都感觉你吃亏了，你可能不会吃亏。当你感觉自己处处占便宜的时候，你一定已经开始吃亏。

※ 一门心思打算盘的人，总盯着眼前那几粒珠子，会忘记向远处看。近前只有自己，远处那叫世界。

※ 太注重小的得失，就会出现大的丢失。

※ 当糊涂处糊涂，才能让苦于斤斤计较的自己变成雍容大度的谦谦君子。

※ 有的人，你把一生交给他，会活得又苦又累，因为他的一生既怕苦又怕累。

※ "鹬蚌相争渔人得利"是个明理，但具体到得与失，就会被锱铢必较绑架，忘记旁边还蹲着一双觊觎已久的眼睛。

※ 装傻非真傻，只是在可以糊涂处真的糊涂而已。

※ 甘做吃亏人，不做亏心事的品行就可以上身。

※ 尖酸刻薄不生财，老实厚道不亏本。

※ 小气加抠门儿，若是对自己叫节俭，若对别人就是吝啬。

※ 不肯利人，就是损己的开始。

※ 纠结，就是患得患失一直在瞻前顾后地打算盘，把一颗不知所措的心折腾得六神无主。

61. 根不仅仅是命之所在

※ 有一根肠子拴住乡愁，无论在哪里，你都知道即便剪断脐带，都剪不断你和母亲的血缘。

※ 你能拄着寒冷的拐杖往前走，路就扭转不了你的方向，因为远处站着倔强的乡愁。

※ 在跋涉中，每条路都是可疑的。若想不迷失，一定不要忘记故乡的方向。

※ 根是一个生命的起点，也是归元的终点。没有了对故土的念想，是一种最可耻的遗忘。

※ 情感有时就是一根千转百结的肠子，拴住故土叫乡愁，拴住一个人叫相思。

※ 情感是一粒种子，埋得深了，就会发芽，而且根扎得很深。

※ 路宽好走车，但窄窄山道却容易让我捡起乡愁。

※ 有时，一匹马骄傲，仅仅是因为它拥有一片草地。

※ 能走到一起一定是同路；但不能共同走到终点，则是因为道不同。

※ 同一个起点，同一个目标，但不会是同一个必然结局，因为所选的方式和走法不一样。

※ 以不变应万变，不是说不顺时应势，而是说处世要有主见。

※ 世事变化太快，逼着人把名句改了一下：旧时王谢堂前燕，三寻不见旧时家。

※ 对有些过错的指责并不一定针对过错本身，而是追究这种过错该不该出现，也就是说，矛头所指的是决策。

※ 生存的地方可以在异域他邦，但生根的地方是祖国。

※ 树有根才能活着。人不能忘了自己的根之所在。根是命源，根决定一个人最基本的立场。

※ 不要做有脑的无脑人，即胸中无大势，只接受、不思考，这样最容易被谣言和欺骗所左右。

※ 思想可以让你坚定而有主见，也可以让你心如乱麻、六神无主。

※ 在别人的宅基地上盖高楼，无论多么壮观，产权都不是你的。

※ 耳朵是开放的，所以天天都有是非。能听见，说明自己不是聋子；能充耳不闻，证明人有定力。

※ 有底线的忍让，叫气度；忍让到没有底线，就是懦弱。

※ 风可以轻轻地吹灭油灯，但也可以把自己借给熊熊的火势。

※ 要让切蛋糕的人从骨头里学会公平，就要用规则把优

先挑选权给予那些愿意共享者。

62. 嘴里说出的话不能背叛大脑

※ 谎言是很会穿衣服的。不是因为爱漂亮，而是想把很龌龊的事做得比冠冕堂皇还漂亮。

※ 嘴是用来养命的，吃进去的要有营养。嘴是替命发声的，说出来的应该是消化后的营养。

※ 言多必失，所以不要只图唾沫星子喷得痛快。否则，接下来收获的就是泼水难收的痛苦。

※ 语言是医生的"第一处方"，其实是告诉我们，治病先暖心。

※ 金口玉言之人让口水消渴生津，口若悬河之人让口水成了唾沫。

※ 词语是苍白的并不可怕，可怕的是它出自人心。

※ 再爽快的承诺，不去兑现，就是食言。

※ 说过头的话，就等于在为自己制造随时可能出现的潜

在尴尬。

※ 坦率并不等于坦诚。坦率只是把想说的话全说出来了，而坦诚是要把该说的话全说出来。

※ 要捍卫话语权，就要对讲出来的话负责。如果把话语权理解为可以由着自己性子信口开河，甚至信口雌黄，那么人的耳朵就要时常为辨别真真假假的话而劳碌。

※ 讲真话，就是口对心负责，不能让嘴里说出来的语言背叛自己的大脑。

※ 说了等于没说，这是造谜者的通病。让你苦思冥想，永无真谛，才显出设谜人的水平和高明，才能永久具有掌控权。

※ 很多忽悠别人的人，最后都欺骗了自己。

※ 唾沫如果出自一张挑拨是非的嘴，有时候是可以淹死人的。

※ 有诚信，就把信任变成了自己鞍前马后的随从。

※ 有一张大嘴花言巧语，心就忙，来不及负责。

※ 你的诚信度，决定着别人对你的信任度。

※ 所谓口德，就是明白嘴的本分是饮食、说话，不能用来射箭。说得形象一点：人嘴不能说鬼话。

※ 出口伤人，说话带碴子，这样的人在一些公众交流场合出现，马上让人感觉语言不卫生，像一锅鲜汤里掉进了不该有的东西，很倒胃口。

※ 人脉，是有多向趋同的人用诚信和友谊织出的一张网，它的结实度不取决于觥筹交错时的豪言壮语，关键要看在关键时刻那些信誓旦旦的承诺是否有牢不可破的强度。

※ 讲话能直抵人心，不仅仅靠口才好，关键是要接地气，能敲准引发共鸣的那块鼓面！

※ 个人有说真话的权利，但你也应该确保你说出来的是事实。

※ 讲得口若悬河，认为自己的观点"高树晚蝉，说西风消息"，但众人皆不懂，其效果就是噪音。

※ 你可以说不，也要允许别人对你说不，这就是自由。

※ 肯当面说你缺点的人，就是点拨你的人。

※ 吹捧，可以把很平庸的人抬举到完全没有高度的高度。

※ 所谓小人，就是好话肯定在当面说，坏话一定在背后讲。

※ 在底下说三道四是长舌多事；到台上去说三道四才是演说家的本事。

※ 七嘴八舌，说得不一定都对，但都在开动脑筋。鸦雀无声，确实很安静，但有可能都在心里打各自的算盘。

※ 敢说真话的人，因为顶撞或碰撞，就有无畏擦出的火花，所以往往可能听到脱口而出的真话。

※ 口水是用来助消化的，若把它用于伤人，祸从口出的说法就不再仅仅是说法。

※ 契约精神若被"弃约"反复打脸，面目全非的一定是信誉。

※ 喜欢夸夸其谈的人，其实是在不遗余力地暴露自己的愚蠢和无知。

※ 信口对未做的事儿百分之百打包票的人，就是不值得信赖的人。

※ 凡直言快语得罪人的，一般都不会存了心去害人。

※ 喜欢听假话是悲哀，明知是真话却假装没听见会让悲哀抑郁。

※ 我也喜欢听耳顺的话，但我最珍惜的还是在关键时刻点醒我的逆耳忠言。

※ 不具备用实力说话的条件，就不说话。卧薪尝胆比当"汪汪"更有利于养精蓄锐。

※ 满嘴跑火车的人不知道什么叫字斟句酌，所以不要指望他对说过的话负责。

※ 如果说出的实话会造成对人的伤害，就把它嚼碎了咽下去；但要把说实话的品格保存着，因为那里面有一部分良心，不过期。

63. 没有敌人就没有盖世英雄

※ 都怕枪打出头鸟，就意味着创造力沉舟侧畔。大家都

信奉"出头的椽子先烂"，勇气会无厘头避难，明哲保身就会和实用主义同流合污。

※ 要学会用一种简单的态度对待生活，因为活着就是消化。

※ 没有经历过红尘万丈，就没有资格说平淡是真。就像一个人，还未入世，就不要奢谈归隐。

※ 没有夜，就没有灯火的出世。

※ 英雄出手不击蝼蚁，壮士挥剑必斩狂徒。

※ 知道鹅卵石为什么没有棱角，就应该悟出什么叫致命温柔了。

※ 不要敌视竞争，没有竞争者，就没有了换手抠痒的对手和不甘雌伏的角逐能力。

※ 有强大的对手才能逼出强大的自己。再厉害的棋坛高手，对手没了，棋就没法下了。

※ 问了英雄的出处，才知道他为什么能成为英雄。

※ 在我逢临逆境时，你落井下石，我要认真谢谢你。你

终于真实地做了一回小人，让我彻底开了眼。

※ 以不惧死亡的死亡把名字刻进青史的就是英雄。

※ 勇士，是为战胜而拼命；烈士，是为了战胜而舍命。

※ 有鹰在身后追赶，兔子才能跑出最快的速度，这是真正意义上的生死时速。

64. 青春的悲哀在于被自己的惰性消磨

※ 青春人人都有，但都留不住它，所以别拿青春当资本。

※ 有美好的青春，不是用它去享受别人创造的美好，而是用它来创造共同追求的美好。

※ 人要确保一颗心不被青春抛弃，就要抛弃年龄对自己的要挟。

※ 坚持就是用毅力钉钉子，最后真就应了一句话：心诚则灵。

※ 人类造船不是因为它好看，也不是因为有可供停泊的

港湾，而是世界上有太多需要我们去横渡的海面。

※ 年轻的确是资本，但经营不善一样会亏本。

※ 青春肯定是美好的，但被辜负的青春一定是落寞无助的。

※ 青春最怕面对的是明天，所以要敢拿青春赌今天。

※ 就像年龄不能再来，有些难得的际遇也不可能再来。

※ 青春要珍惜。它是人生的一次应考，交了卷就无法改，而且没有复读的机会。

※ 过去留给你的有记忆、能力和本事。未来留给你的是发挥和发展的空间。

※ 青春是可用资本，但不是固有的资本。青春的价值在于被汗水消费，青春的悲叹在于被懒惰浪费。

※ 朝向代表着不同的方位，多打开一扇窗，就能多看见一道风景。

65. 擂台是一个用实力说话的地方

※ 打蛇要打七寸，所以与敌手交锋一定要找准其软肋。

※ 有的人靠体力谋生，有的人靠头脑吃饭。就像举重和下围棋，都能夺世界冠军，所以都叫本事。

※ 能把复杂问题简单化，就是不简单。

※ 停在那里，行程就断了。走下去，才可能找到新的路。

※ 焦点，会被很多眼睛盯住了；亮点，要为很多眼睛而璀璨。都累！

※ 用舍我其谁的劲头去做事，你就具备了赢的姿态。

※ 活着就要耗用一生的精力。怕付出，就等于拒绝活着。

※ 什么时候在外闯荡得不再为面子虚荣，就算是见过大世面了。

※ 等待机会是被动的守候，创造机遇才是主动的进取。

※ 竞争不仅能决出输赢，竞争还可以让物竞天择具体化。

※ 胜利不是每一仗都打赢，关键是把最后一仗彻底打赢。

※ 用信誉把自己的实力做大做强，即便遭遇挫折，别人也敢向你投资。

※ 人生的路要走一辈子，所以成功的跋涉者更看重持之以恒的耐力。

※ 成功了可以说艰难困苦磨炼人，但对不成功者而言，艰难困苦其实很折磨人。

※ 知道宇宙有多大，就知道人有多渺小。不管用什么方式去遨游，都找不到走进去就能把自己放大的门。

※ 不要四面埋伏，留出一面让战败者逃。敌人落荒而去，你接着打落水狗，就把一决雌雄变成了两连胜。

※ 偶像是用来学习和超越的，否则你只是一个五体投地的崇拜者。

※ 想说出来的话，一般是真话。想了才说出来的话，要么是套话，要么是假话。

※ 前方的道路平坦通达，并不等于世上就没有意外。

※ 品牌的本质属性是让质量做老大，稳坐在诚信这把交椅上。

※ 阿尔法狗与柯洁对弈，真正取胜的并不是机器，而是用大数据和云计算武装了机器的人。

※ 之所以出现天才，是因为他们下了最大的功夫去激活属于自己的不同于他人或优于他人的某些禀赋。

※ 竞争是一种相互给压的同向趋行性自觉合作，各自的获利和成败皆由市场随机裁定。

※ 擂台，就是挑战者班门弄斧脱颖而出的地方。擂台用实力说话，专撕花拳绣腿的遮羞布。

※ 不要满足于自己生存能力有多大，要看看生存能力中的科技含量有多大，抢占科技制高点的份额有多大。否则再大只是一堆膘。

※ 进入科技消费时代，跨界打劫嚣张地现身了。使你遭遇惨败的不是对手，而是一个根本不曾与你狭路相逢的新手，比如手机没有和柯达较过劲，康师傅和美团陌路相行。所以现在流行一句很酷的话：我消灭你，与你无关。

※ "质量就是生命。"若不死死咬定新的消费需求，主动与技术创新捆绑，就有可能落得孤芳自赏。因为质量再好，产品被淘汰即为无用。无用是产品生命的终结。

※ 流量代表卖方，客流量代表买方。在市场竞争中，二者是不直接交手的敌手。

※ "技高者多得"是以价值认定方式肯定了劳动技能的特殊价值，是给工匠精神注入的一针强心剂。

※ 不要指望世界会单独理解、关照你，因为世界是大家的，它既没有思想也没有情感。

※ 不要奢求绝对公平，水有落差才有流动，否则就是死水一潭。

※ 霸道者的行为方式是逞强，而霸占者的行为方式是掠夺。

※ 针尖儿其实就那么一点儿，所以才能锥刺见血。

※ 杰出人物一般都是巧于向生活借力，自己把自己逼出来的高手。

※ 赢者其实是众多想当赢者的输家精心打造出来的宠儿。问题是成为宠儿之后，往往就被一种娇恃培养成自以为是的输家。

※ 有些人之所以输，是因为只想过赢。

※ 绝对公平，可以平衡人的心态，但并不利于改变人的状态。

※ 人只有手无寸铁时才可能让智慧做主，拿自己当一块铁，去撞击固若金汤的坚硬。

※ 可以把藏獒恭维成狮子。可真正遇到了狮子，才知道，恭维连壮胆的功能都没有。

※ 没有人是因为穿名牌、用名品而把自己弄成名人的，而且这是自己花钱替别人打广告。

※ 企业能否可持续发展，不取决于暂时的资本积累量，而取决于创新能量。资本可以用血汗去赚，而创新是用智慧能量给剩余价值擦去血汗。

※ 企业的规模不在于你有多大的块头，而在于你占有多大的市场份额。

※ 抢占市场的制高点赚钱，抢占科技的制高点赚取制高点。

※ 价值有自己的演算公式：谁掌握了稀缺资源，谁就成为被挖掘的资源。

※ 在全球金融界，资本已经成为兵不血刃的战争武器。

※ 互联网+云集成所制造的智慧流量，放手去未来的产业发展中攻城略地，真可能打遍天下无敌手。

※ 在未来的市场竞争中，谁能成为关注力的聚焦点，谁就等于抢占了市场竞争的制高点。

※ 就本质看，劳动密集型制造业和智能密集性制造业之间的博弈，皆是由唯利是图的资本挑起来的。

※ 能让资本这家伙主动找上门的，要么是资源，要么是技能，要么是技术。

※ 想和市场上的知名品牌争高低，必须保持知名品牌原

有的优势，同时要把知名品牌的劣势打造成自己的绝对优势。

※ 品牌可以让产品在市场的制高点熠熠生辉，但让品牌登上市场制高点的却是正确的选择和策略。

※ 创意不直接约合币值，却可以使相同的物质，产生完全不同的附加价值。

※ 形成全球化概念，必须打破出身论，不求所在；但求所有，所用，所得。

※ 创业是无中生有的过程，所以脑子不能空，两只手不能停。

※ 如果说钢铁是工业时代的粮食，芯片就是信息时代各类产业的灵魂。

※ 钱不认路，不会主动闯进人的口袋。钱也不相信手气，在它的潜意识里，肯动脑子舍得汗水的人在赚钱，只会数钞票的是收银员。

※ 借钱，你就要去挣钱。想到还钱，你就要拼命去赚钱。所以借也能激发动力。

※ 活得没有压力的人，一般是不以今天去赌明天的人。

而喜欢给自己加压的人，一般都是为了实现长远目标，甘愿牺牲当下快感的人。

※ 兴趣转化为技能就是一种谋生手段。谋生手段，被艺术改造，就成为有造诣的手艺。手艺追求臻于化境的炉火纯青，就是工匠精神出世。

※ 不与人争，善于与时间争，就容易成为赢家。

※ 做任何事儿，自身投入的多少，会直接决定你能量的释放度和压力的承受度。

※ 先让自己拥有挣钱的能力，再让能力帮着自己去赚钱。

66. 市场的信号灯大都用既成事实显示

※ 空想家，就是梦想很多，但从不动手去实干。

※ 机器人没有觉悟，不是劳模，却成为不计报酬、最吃苦耐劳的劳动者。

※ 不要指望性格一样就能契合。其实契合就是在理解、谦让、互谅的过程中慢慢磨合的。

※ 很多时候，信息渠道通达，就是走向成功的路。

※ 单靠节省永远不可能有钱，因为节省只是一种品格，而赚钱要靠智慧和大把的汗水。

※ 手机的快速进化，会导致人类的某些功能迅速退化。

※ 碎片化的网络信息在吸引眼球聚焦的同时，也毫不留情地肢解着人的专注力。

※ 捧着手机时，我们可曾想过：它先巧借兴趣消费着属于你的时间和关注度；然后绑定习惯，慢慢消耗你的精力和健康。

※ 找到了需求，就找到了盈利渠道。经营只是给供求双方创造便利，以求买卖对接得更好。

※ 所谓营销，就是以市场运作为手段，使供给准确地找到需求；两者握手言欢，相得益彰。

※ 让回报和价值创造者的收益成正比，是一个企业寻求市场回报必须付出的成本。

※ 所谓长线，就是放一笔有耐性又擅长利滚利的资金，

去股市休养生息。

※ 炒股，只有盯准了企业抢占市场的潜力，才算盯准了股票的市值。

※ 增加关税就是彼此筑墙。魔高一尺道高一丈，是最容易的笨办法。

※ 存款，不如经营资产；盘资产，不如拥有资源。

※ 合作，是为了集中优势，抢占市场的制高点；细分，是为了发挥优势，满足市场需求不同的兴奋点。

※ 市场很现实。当你为收益颇丰的短期效应兴高采烈时，它会不动声色地从长期效益中搬走你无意识中自弃的那一块。

※ 商业的本质是互换双赢。挑起商战，若不是找死，就是自杀。

※ 当房价踩着肥皂泡沫开始在市场法则面前打滑时，摔倒的可能是非刚需而超需求购房的人，也可能是在炒作中最后进来接盘的人。炒和被炒的结果很客观，有糊的，就有被糊的。

※ 实体店的体验性是网店所无法替代的，因为眼睛不能代表舌尖和身体在虚拟空间里直接感受氛围并品尝、试用和试穿戴。

※ 资本是没有情感的，所以风投公司不会"疯投"。作为专攻于让资本下蛋的营运主体，他们盯准了要孵的鸡，不仅要下蛋，而且还要一篮子一篮子分蛋。

※ 房产的确是不动产，直观地看，就是扎根在土地上的水泥盒子。有一天泡沫突然破了，不管是有价无市、还是有市无价，对于非刚需的持有者而言，就三个字：惨惨惨！

※ 研发出来的高精尖产品，若不尽快量产，形成市场占有率，就等于让机会积压，技术优势会在延迟过程中渐次丧失。没有进入市场的产品，等于无用，无用即是废品。

※ 写字楼每高出一层，运行成本就会增加一成。若入住率不饱和，管理运行成本就向已入住户均摊。大家都扛不住时，就会出现退租或抛售。迫于无奈，写字楼的零租金必然出世。即便如此，管理运行费用依然高得让人望而却步。

※ 一个世界经济秩序必须由"我"而改变的自恋者诞生后，世界就诞生了许多言而无信和无规则出牌的现象。自恋者是和恋爱、婚姻相敌对的，这就决定了他不珍惜爱，更不会以亲情待人。他必然是冷战和冷血的高手。砍去人的双腿，

再给一对金拐杖，是他为这个世界创作的一出经典剧目。

※ 经济发展是一种向心的凝聚力和拉动力。经济发展若出现雪崩，生产力的第一要素——人，就可能转化为破坏力，甚至是战斗力。

※ 向人口要红利，顺产劳动密集型产业；向人才要红利，催生科技集约型产业。

67. 行万里路可以长见识

※ 远行，就是跟随自己的心做一次无依无靠的流浪，留给故乡的是一个背影。无论走多远，你的行囊里都背着母亲的目光。

※ 旅游就是让累不死的腿驮着自己去丈量快乐，用生活中的精彩不断刷新自己的眼睛，给不肯生锈的大脑充电。

※ 去旅游是因为远的地方都被距离封藏着。没去过就有陌生感，陌生感可以让眼睛在行走中尝尝鲜。

※ 做驴友，要甘于让精神背着形体走。正所谓，跋涉于苦旅，眼睛在天堂。最无奈的是，打水泡的脚总拗不过不流汗的心。

※ 流浪和旅游的区别在于：一个无目的地，一个有目的地。

※ 带着问题去学习，就要找钥匙，这叫理论联系实际，也叫学以致用。

※ 坚持学习，才能把智慧和财富装进脑袋里。

※ 能把人家脑袋里的思想大量装进自己的脑袋，才可能通过一定的方式把自己脑袋里的思想转换进别人的脑袋里。

※ 值得人留恋的地方，要么有美的风景，要么有比风景更美的人。

※ 应该这么说：所谓生活就是让心跟随眼睛走进活生生的世界，去激活自己生命中的每一个细胞，让活力找到可以释放激情的天堂。

68. 朋友是人脉圈里那个肯借钥匙给你的人

※ 肯为你落泪的人，才可能真心帮你擦去伤心的眼泪。

※ 酒场上见真情，不是看谁劝你多喝，而是看谁劝你

少喝。

※ 智慧存储在不同的大脑里，所以要善于从人脉圈里借钥匙，不断开启自己的思路。

※ 当寒冷足以夺命时，需要抱团取暖；而不是去指责这个衣服穿薄了，那个衣服穿得让人不舒服。

※ 真朋友，就是你有事找到他时，他把你的事当自己的事。

※ 翻脸比翻书快的人，呈现喜怒无常的阴晴圆缺，相处的人一准记住他，但也一准会躲避他。因为变脸在舞台上偶尔看看可以，假如生活中有人三天两头跟你翻脸，你很难保证自己的心境不被影响；一张苦瓜脸诞生，毕竟是不爽的事儿。

※ 有原则的朋友是可以交一辈子的，因为他认定你是有识别原则的。原则又使他把背弃视为一种不仁不义，即便被负，他也只怪自己眼拙。

※ 朋友是帮出来的，所以朋友越帮越多。

※ 善于分享的人，往往是在无意中回收人脉资源。

※ 多一个朋友多一条路，当然也就会多一些麻烦。

※ 要想得到别人对你的好感，你就要对别人好。

※ 与人相交，要平等待之，什么人都不要小瞧，只是将其用在哪里而已。就像高档宴席，"玉盘珍馐值万钱"，但离了一双筷子就得返祖。

※ 关系网不是织出来的，而是靠利益连接起来的。

※ 若要身边皆是没有缺点和毛病的朋友，就等于宣布自己因此孤立。

※ 仅凭感觉，前后轮在一条线上的自行车坐上一个人是非倒不可的。但从力学角度看，吃住平衡法且向前行，本该是阻力的风和空气就大度了，会伸出手来扶着你。其实与人相处亦如此，你不戴面具，性格直来直去，起始是会得罪或伤害人的，但只要你的出发点保持着真诚、善意和慈悲，你会在长远中赢得朋友。这时"日久见人心"就是褒义。

※ 同层次的人互助是共赢，对低层次的人相助是提携。眼睛向下是一种美德，你可能因此发现潜力股。

※ 不记得父母生日，却能准时给自己的顶头上司送生日蛋糕的人，不要指望与之成为挚交。因为你对他的友情绝不

可能超过父母对他的恩情。

※ 对于有忠肝义胆的人而言，信任也是一根鞭子。

※ 和负能量满满的人在一起，就等于让自己当了垃圾桶。

※ 朋友在你落难时还把你当朋友，说明你没有看错朋友，也说明你本身做人一定够朋友。

※ 默契是两个人的不言而喻，是琴键上的手指和坐在旁边的一颗心说话。默契是可以省略语言的，一个举动，一个眼神就足够了！默契的缘由是心有灵犀，默契的境界是心领神会。

※ 义薄云天是用命书写的，就是在关键时刻不仅为兄弟两肋插刀，而且在倒下之前还要为兄弟挡上一刀。这样的人自己无泪，天替他哭。

※ 物质上富有的朋友，可以借钱给你用，但你要还。精神上富有的朋友，可以免费给你提供"养料"，但你不学，借不走。

69. 文化和知识是解密难题的钥匙

※ 从现在开始，人类面临的最可怕的病症将是自堕性手机依赖症。

※ 手机没有教授头衔，不授课，不讲座，却培养了这么多低头族。

※ 大脑里存放着解决各类问题的钥匙。要拉开抽屉，首先要用知识和文化去解密。

※ 丰富的物质生活会使人的营养过剩，但丰富的精神文化生活则使人的价值和能量过盛。

※ 科学很想放大自己的意志，揭开和人的意志唱反调的自然规律的外衣。但科学那点小伎俩在自然面前总是露怯，显得黔驴技穷。

※ 科技在提升人们生活幸福指数的同时，也为一些懒惰者提供了名正言顺的偷懒机会。

※ 机器人超不过设计者的聪明。但机器人有无数个设计师，它一旦通过云技术实现智能集成，人的单体智慧就显得

黔驴技穷，师"人"长技以制"人"就演变为真实的奇迹。

※ 不要过于夸大人工智能，没有意识主导，它只能是人使用的智能工具。没有了人的智能设计和补给，它只是一堆拼装器件。

※ 除了找到宇宙的奇点，提出黑洞不黑、宇宙无际和黑洞蒸发等学说，霍金的贡献还在于：一个命运被锁定在轮椅上的人，却搭乘了思想的飞行器，走在宇宙天体科学的最前沿。

※ 人工智能是思维的产物，但非思维本身。人工智能只是把人的智能以大数据方式植入了具有转化、合成、计算功能的机器。

※ 机器人的能力并不来自其自身的原始思维和行为，它只是对人的思维和行为进行数据解析和合成后的一种云技术编程。说白了，就是无生命迹象的器械傀儡。

※ 没有以大数据、云计算为支撑的人工智能输入，机器人的智能等于零。

※ 人工智能出现并普及，是人的自我能力、能量的延伸和扩展。很多劳动不再需要付出体能和汗水，原来那些沉重、枯燥、艰苦的工作和劳动，可以被程序设计得如游戏一般。

估计社会生活中会出现一个新词汇：寓劳于乐。

※ 互联网、GPS、天眼、云技术、大数据、区块链的互通和并联，会使人非物理性透明，逐渐成为穿戴整齐、行为高雅的裸体人。

※ 互联网通过改变人的行为，让其自觉自愿地对生活进行改革。

※ 开个网店，人就不会被实体店锁在那里，就可以在游走的过程中一边观光，一边履行自己的老板职责。

※ 做实体店，是守株待兔。做网店，只需动动指头，生意就动若脱兔。

※ 人若只凭肉身本能运动去获取信息或实现传递，就速度传递和辐射而言，是无法逃离后原始时代的。但其肉身承载的智慧一旦以人工智能的方式输入机器，借互联网+以电子信息传递方式在宽带高速公路上行走，传递速度就进入了奇迹时代。

※ 机器人作为非生命物种出现，既是人类假体，又非假体。它除了生命体本身具有的思维、感知、情感、灵感、同情、共鸣等本源能力之外，在智能、记忆、行为操作精准度等方面完全超越了人类。从此之后人类既是机器人的假体，

也是被假体。

※ 感知力、情感、灵感、同情、共鸣等人的本源能力是机器人无法自生自备的，由此导致的输入依赖是其软肋，自然就是人类稳操的杀手锏。

※ 学校是教授知识的地方，工作岗位是逼着人把知识掏出来转化为技能的地方。

70. 诗是神借助诗人送给人间的美文

※ 诗歌是诗人凭灵感破译了的不灭的灵魂，代表神送给人间的文字。

※ 诗人是和灵魂打交道的人。

※ 诗人心里会有一面大海。冷血、麻木、漠视或呆若木鸡的人，脸上总铺着水泥地板的人，无法成为真正的诗人。

※ 太成熟了就不再是诗人，诗人多数时候是活于天真的。

※ 最让诗人眉头不展的是，这人一天天憔悴，诗歌却迟迟不肯闪光。

※ 若是我和自己在一起，有滋有味儿地写诗，孤独，肯定就被别人领养了。

※ 诗人用一支笔尖儿上的孤独喂养疼痛，每写完一首诗，就借着时间的牙咬断一次脐带。

※ 一个诗人说：要喜欢这个世界，原谅一个不友好的人。我马上想到：若不喜欢这个世界，就应该首先讨厌自己。

※ 要让孩子读诗，孩子有了一颗诗心，就给自己安上了想象的翅膀，心有多高，天空就有多高；眨眼就有了灵感，多如天空的星星。

※ 诗也要短，不要写成走板的西皮流水，更不要把短调拖成长腔——长了就露底气，就容易跑调。

※ 不管水塘像不像面镜子，你能看见柳条上挂满春天，给一阵一阵不会洗脸的风梳头，你就算是一个诗人了。

※ 白话诗的手法是叙述。就像白开水，最没有味道，但又最耐喝，是生命之水。有生命就有情感。白话诗以细腻和抒情见长。

※ 对民歌的发掘，就是让文化的根部激活灵感，让白话

诗找到属于自己的根。

　　※ 诗人不肯暴露心迹时，可以烟笼寒水月笼纱地应付你。但景致随人心性时，就可以信手拈来。灵感居然奢侈到"仿佛是偷来的"。